별보다도
빛 나는

김준녕
장편소설

김준녕
장편소설

별보다도
빛나는

채륜서

여정

여름성

이번에는 찾을 수 있을까 싶었다.

우주에만 나오면 심장이 터질 것만 같았다. 끝이 보이지 않는 어둠 속에는 알알이 박힌 별들이 빛나고 있었고, 한쪽에서는 나를 향해 쏟아지는 듯한 은하수가 흐르고 있었다. 광활한 우주에서 눈을 돌리니 내가 떠나온 행성이 보였다. 내가 태어나고 자란 곳이었다.

지구인들은 우리 행성을 'BT-711'이라 이름 붙였다. 성의 없는 이름이었다. B는 우리가 속한 은하계를, T는 행성이 돌고 있는 항성을 뜻했다. 711은 지구인들이 711번째로 발견한 행성이라서 붙인 것이라 했다. 그러나 우리는 우리 행성을 '여름성'이라 불렀다. 지구의 계절 이름을 가져와 붙인 것이라 했다.

어린 시절, 아빠는 나에게 우주에서 바라본 여름성에 대한 이야기를 들려주었다. 별빛이 여름성의 대기에 의해 산란되어 전체적으로는 코발트색이지만, 극점에서 적도 방향으로 이어지는 부분에는 녹색빛이 묻어 있어 두 색이 아름답게 조화를 이루고 있다고 했다. 이어서 할머니는 지구의 여름을 설명했다. 푸르름이 가득한 바다와 따스한 햇살 그리고 그 사이에서 우거진 식물들을 보고 나면, 우리 행성의 이름이 왜 여름성인지 이해할 수 있을 것이라고 했다.

그러나 멀리서 보면 희극, 가까이서 보면 비극이었다.

실제 여름성 내부는 지옥과 다름없었다. 하늘에는 자주 먹구름이 끼여 우중충했고, 하루에도 수십 번 다이아몬드 비가 내리곤 했다. 다이아몬드 비는 빛을 굴절시켜 수십 갈래의 무지개를 만들어 내었으나, 자칫 그 광경에 매료되어 멍하니 서 있다가는 머리에 구멍이 뚫릴 수도 있었다. 게다가 여름성 주변에 있는 블랙홀들 때문에 인접한 행성과 통신을 하려면 많은 비용을 지불해야 했다. 블랙홀 덕분에 그 중력을 이용해 은하계 밖으로 멀리 떠나갈 수도 있었지만, 반대로 사람들은 꼼짝없이 여름성이라는 감옥에 살게 된 것이었다.

할머니가 처음 이곳에 왔을 때만 해도 여름성은 기회의 땅으로 알려져 있었다. 발에 채는 것이 전부 다이아몬드였다. 지구에서의 돌무더기가 그랬다고 한다. 이곳에서 다이아몬드를 캐서 지구로 가져간다면 금방 큰 부자가 될 수 있었다. 마침 당시 지구에서는 인구 폭발로 외계 이주를 적극적으로 장려하고 있었다. 무료 우주선 탑승권과 생존 키트가 주민들에게 지급되었고, 그에 발맞춰 많은 수의 지구인들이 이곳 BT-711 행성, 일명 여름성으로 이주하였다.

1세대 개척자들은 열악한 환경 속에서 살아남기 위해 최선을 다했다. 거대한 돔을 세워 도시를 건설하고, 그 안에 집과 병원을 짓고, 마치 지구에 온 것처럼 나무를 심기도 했다. 모두가 큰 꿈을 품고 있었다. 당시 사람들에게는 희망이 가득했다. 태어난 곳으로 돌아가려는 연어처럼 사람들은 언젠가 돈을 많이 벌어 지구로 다시 돌아가고자 했다.

그러나 쉽게 부서지지 않는 다이아몬드와는 달리 이주민들의 꿈은 금세 무너졌다. 우선 다른 행성에서도 우후죽순으로 다이아몬드가 발견됐다. 탄소는 우주에서 흔한 물질 중 하나로 우주 어디서든 쉽게 다이아몬드를 찾을 수 있었다. 얼마 지나지 않아 다이아몬드의 가격은 급락했고, 상인들은 운송비가 더 드는 다이아몬드를 사지 않으려 했다. 많은 이들이 일자리를 잃었다. 대출로 산 집과 채굴 장비는 더는 쓸모없게 되었다. 행성의 인구는 급격하게 감소했고, 도시는 텅 비어 갔다. 남은 이들은 여름성이 지구와 다른 외부 행성의 중간 거리에 있다는 점을 살려 물류 센터를 세우고는 화물차 기사가 되었다.

'여름성…'

나는 여름성을 내려다보았다. 몇 번을 봐도 익숙해지지 않는 풍경이었다. 여러 감정들이 뒤섞여 가슴속에서 요동치는 것만 같았다. 운전사는 핸들을 천천히 틀었다. 나는 수도꼭지를 잠그듯이 숨을 참았다. 트럭 화물칸에 숨어든 것을 들키지 않기 위해서였다. 그러나 눈은 계속해서 감겼다.

'나아가야만 해.'

때로는 두렵더라도 마주해야 할 일들이 있었다. 거실 한 켠에 놓여 있는 지구 디오라마에 쌓인 먼지를 누군가는 털어야 했고, 엄마와 아빠가 돌아오지 않을 것이라는 사실을 언젠가는 받아들여야 했다. 그것들을 대신해 줄 사람은 없었다. 지금도 마찬가지이다. 내가 나서지 않으면 그 무엇도 바뀌지 않을 것이다.

나는 천천히 눈을 떴다. 눈앞에는 거대한 블랙홀이 보였다. 언뜻 보면 이름과는 전혀 다른 모습이었다. 어둡지 않고 오히려 별보다도 무척이나 밝았다. 항성 하나를 막 삼켰는지, 빛을 내는 작은 구체가 빠르게 블랙홀 주변을 돌면서 안으로 빨려 들어가고 있었다. 화물칸에 난 아주 작은 창을 통해 보고 있었음에도 압도감이 그대로 느껴질 정도였다. 그러나 그런 감정은 순간이었다.

'엄마, 아빠도 저렇게…'

내 생각마저도 블랙홀에 빨려 들어가는 것 같았다. 나는 머리를 흔들고는 곧장 감지기를 꺼내 들었다. 머리 부분에 접시가 매달린 구형 감지기였다. 감지기를 구매한 사이트 설명에 따르면 해당 감지기로는 반경 100km 내부에 있는 생명체를 감지할 수 있다고 했다. 블랙홀 크기와 비교해 보았을 때, 유리 구슬 수준으로 무척이나 좁은 범위였으나, 내가 가진 돈으로는 이 정도가 최선이었다. 운전사가 외쳤다.

"여기는 알파. 궤도 진입을 시도하겠다."

감지기의 전원을 켰다. 목 부분이 빠르게 돌았다. 접시가 따라 돌면서 음파를 내뿜는 것 같은 소리가 들렸다. 나는 온 신경을 레이더 화면에 쏟았다. 녹색 점 두 개가 보였다. 운전사와 나였다. 점들은 깜빡이며 대기권에서 바라본 행성 주민들처럼 꼬물거렸다.

화물칸 전체가 떨리기 시작했다. 손잡이를 잡지 않았더라면 넘어졌을 것이다. 아까 트럭에 실었던 화물들도 한쪽으로 쏠렸다. 블랙홀은 우리를 중심부로 끌어당겼다. 트럭은 빠르게 블랙홀을 중심으로 돌기 시작했다. 원심력 때문인지 몸이 한쪽으로 쏠렸다. 정신을 잃어서는 안 됐다. 심호흡을 크게 하고서 화면에 집중했다. 운전사는 마이크에 대고 상황을 말했다.

"곧 사건의 지평선에 접근한다."

사방이 일그러지기 시작했다. 시야가 좁아지며 가장자리가 붉게 물들었다. 내가 알던 세상이 아닌 것 같았다. 운전사의 목소리도 음성 변조라도 한 것처럼 무척이나 높은 톤으로 들려왔다.

"진입한다."

순간적으로 아무것도 보이지 않았다. 시간이 멈춘 것처럼 느껴졌다. 뇌에서 일어나는 전류 신호보다 내가 타고 있는 트럭은 훨씬 더 빠르게 움직이고 있었다. 눈을 감고 싶지 않았지만, 절로 눈이 감겼다. 어디선가 목소리가 들려왔다.

'은하야.'

아빠의 목소리였다. 나는 애타는 마음으로 아빠를 부르려 했다. 그러나 입이 떨어지지 않았다. 곧이어 전혀 다른 목소리가 들려왔다.

"스윙바이 성공. 정상 궤도로 진입한다."

"아빠!"

가까스로 아빠를 소리쳐 불렀을 때는 이미 목소리가 사라진 후였다. 운전사가 뒤를 돌아보았다. 나는 급히 입을 막고서 몸을 바닥에 납작 엎드렸다. 다행히 운전사는 고개를 한 번 까딱하고는 다시 앞을 보았다.

시야가 완전히 돌아오기까지는 상당한 시간이 걸렸다. 운전사는 전문적인 훈련을 받아 그런지, 내가 정신을 차리지 못하고 있는 동안에도 무전기로 관제탑과 농담을 나누기 시작했다. 아빠의 목소리가 귓가에 오래 남았다. 저음에 편안한 목소리였다. 다급한 상황에 처해 있는 것처럼 보이지는 않았다. 나는 고개를 저었다.

'아빠는 여기 없어.'

정신을 차리자마자 감지기를 들어 올렸다. 감지기

화면에서는 오직 나와 운전사를 제외하고는 어떤 다른 점도 보이지 않았다. 우주에 혼자 남겨진 듯한 느낌이었다. 트럭은 빠르게 우주를 질주하기 시작했다.

· · ·

엄마와 아빠는 화물차 기사였다. 지구의 화물차 기사들과는 달랐다. 우리에게 트럭은 우주선이었다. 우리의 트럭은 우주로 나가 다른 은하계로 화물을 날랐다. 블랙홀의 중력을 이용하여 속도를 높이는, 이른바 블랙홀 스윙바이를 통해야만 다른 행성으로 갈 수 있었다. 몇몇 사람들은 엄마, 아빠 같은 사람들을 블랙홀 스윙바이 기사라 부르기도 했다.

그 외에는 과거 지구의 화물차 기사들과 비슷했다. 짧게는 수십 시간, 길게는 수백 시간을 운전해야 했다. 엄마와 아빠는 늘 함께 운행을 나갔다. 한 명이 운전을 하면, 다른 한 명이 잠을 자거나 밥을 먹었다. 둘은 번갈아 가며 운전을 했다. 아무리 피곤해도, 졸려도 실수는 절대 있어서는 안 됐다. 우주에서는 볼트를 잘못 조이는 이런 작은 실수 하나만으로도 끔찍한 결과를 초래할 수도 있었으니까.

그런 면에서 둘 모두 인정받는 화물차 기사였다.

부부 기사로 유명했던 둘은 한 번도 사고를 낸 적도, 기한을 어긴 적도 없었다. 그런데 그 탓인지, 엄마, 아빠는 매번 바빴다. 집에 돌아오기가 무섭게 다시 운행을 나가야만 했다. 어린 나는 엄마와 아빠에게 오늘만은 집에 있으면 안 되겠냐고 물었지만, 아빠는 나를 한 번 안아 주고는 고개를 저었다.

"돈 많이 벌어서 우리 은하 맛있는 거 사 줘야지."

할머니는 아빠가 갚아야 할 돈이 많다고 했다. 트럭을 인수할 때 대출을 많이 받았고, 이자만 해도 엄청나다고 했다. 사실, 맛있는 것은 필요 없었다. 그때 내게는 엄마와 아빠가 필요했다. 아빠의 옷자락을 붙잡았으나, 손아귀에 힘이 들어가지는 않았다. 할머니가 나를 말렸다.

"그러면 못써. 엄마, 아빠 잘 갔다 오세요. 그래야지. 그래야 엄마, 아빠가 빨리 오지."

그때 엄마, 아빠의 표정을 기억한다. 아쉬움과 안타까움 그 사이. 아빠의 짙은 눈썹이 미간으로 말려 들어갔다. 엄마는 그 좁고 두꺼운 입술을 옴싹달싹하며 내게 무슨 말을 건네려 했다.

창에 비친 내 모습을 보았다. 서서히 기억들은 옅어지고 있었다. 아빠의 진한 눈썹은 내게도 있었다.

그때의 표정을 지으려 했으나 잘 되지 않았다. 나는 그때 부모님을 잡아야 했다.

그날 이후로 엄마와 아빠는 돌아오지 않았다. 블랙홀 스윙바이를 하다 사고가 났고, 둘은 사건의 지평선에 갇혀 버렸다.

. . .

흰 가운을 입고 있던 아저씨는 굳은 표정을 하고 있었다. 아저씨가 할머니에게 말했다.

"백조자리 GX-110 항성 부근에 있던 블랙홀에 붙잡힌 게 아닐까 싶습니다. 워낙 블랙홀 질량이 작은 데다, 전조 증상도 없어서 사고를 당한 것 같습니다."

"어떻게, 살아는 있나요?"

할머니의 목소리는 떨리고 있었다. 아저씨가 고개를 저었다.

"지금으로서는 알 수 없습니다."

그날 나는 양손 가득 레고 박스를 안고 있었다. 지구 디오라마였다. 푸른 바다와 녹음이 가득한 육지, 간간이 보이는 인간들의 도시와 그 속에서 쌓아 올린 거대한 건물들은 나를 매료시켰다. 마치 배우지 않아도 엄마, 아빠를 찾는 아이처럼 나는 지구에 대한 막연한 동경을 품고 있었다. 대부분 아이들이 그러했다. 우리의 모든 것이 시작된 곳이었다. 멀게는 하늘에 뜬 지구 관련 광고부터 짧게는 지구에 관한 할머니의 말들이 나를 지구로 이끌었다.

'우주선 구조대'라는 낯선 곳임에도 나는 집에 있는 것처럼 매끈한 바닥에 레고 부품들을 늘어놓고는 맞추기 시작했다. 차츰차츰 구 모양이 생겨나기 시작했다. 대화가 귀에 들어오지는 않았다. 엄마에게 몇 번이나 레고를 사 달라고 했지만, 엄마는 비싸다는 이유로 내게 레고를 사 주지 않았다. 블록을 하나씩 맞출 때마다 내 손끝에서 하나의 세상이 만들어지고 있는 것 같았다. 그러나 가장 좋은 날은 그리 오래 가지 못했다.

갑자기 할머니가 바닥에 주저앉았다. 그러고는 울기 시작했다. 나는 영문을 알지 못했다. 미완성된 지구 디오라마를 손에 들고서 할머니에게 다가가자 대뜸 할머니는 나를 안았다.

"은하야. 이제 어떡하니."

나는 그제야 레고에서 다른 곳으로 시선을 옮겼다. 온통 처음 보는 풍경이었다. 거대한 모니터가 수십 대나 벽에 달려 있었다. 모니터에는 엄마, 아빠가 몰앗던 화물차 기종과 똑같은 우주선들이 여러 대 날고 있었다. 사람들은 무전기로 저마다 신호를 주고 받고 있었다. 그때는 내게 우주란 펼쳐지지 않은 세상이자, 온갖 호기심으로 가득한 곳이었다. 누군가 밖에서 할머니의 이름을 불렀다.

"보호자분. 이리로 오시죠."

할머니는 고개를 끄덕이고는 내게 말했다.

"할머니 좀 갔다 올게. 조금만 기다리고 있어."

할머니의 눈물에 내 어깻죽지가 젖어 있었다. 그 축축함이 나를 아래로 미는 것 같았다. 할머니는 방 밖으로 나갔고, 나는 다시 레고를 맞춰 보려 했으나, 집중이 잘 되지 않았다. 밖에서는 사람들이 바삐 오가고 있었다. 아까 할머니에게 이야기를 건네던 아저씨가 내 앞에 쪼그려 앉더니 내게 말을 걸었다.

"은하야. 아저씨랑 이야기 좀 할까?"

나는 반응하지 않았다. 듣고 싶지 않았다. 듣지 않으면 아무것도 없는 일이 될 것 같았다. 그러나 아저씨는 내게 천천히 엄마와 아빠가 블랙홀 스윙바이를 하고서 그곳을 빠져나오던 중 근처에 있던 소형 블랙홀에 의해 사고를 당해서 사건의 지평선에 붙잡혀 있다고 말했다. 나는 아저씨가 무슨 말을 하는지 이해할 수 없었다. 아저씨에게 물었다.

"사건의 지평선이 뭐예요?"

아저씨는 사건의 지평선에 대해 설명하려 했다. 알아듣지 못할 전문 용어를 늘어놓다가 내 표정을 보고는 아차 싶었는지 어린아이 눈높이에서 말하려 버벅이는 모습을 보였다. 아저씨가 말했다.

"저기가 사건의 지평선이야. 저기를 넘어가면 다시는 볼 수 없다는 뜻이야."

아저씨는 검은 원을 중심으로 빠르게 번쩍이는 얇은 띠를 가리키고 있었다.

"죽는 거랑 같아요?"

내 물음에 아저씨는 놀란 표정을 지었다. 사실 그때도 죽음이 무엇인지 명확히 알지 못했다. 다만 '보고 싶어도 다시는 볼 수 없는 무엇'이라는 것은 알고 있었다. 엄마는 블랙홀을 둘러싼 저 얇은 빛 고리가 죽은 행성이 세상에 남긴 흔적이라 말했었다. 그것은 죽음과 삶의 경계였다. 아저씨는 잠깐 머뭇거리더니 대답했다.

"아니. 이 경우는 달라. 네가 바라면 언젠가 만날 수 있을지도 몰라. 언젠가는…"

아저씨는 말끝을 흐렸다. 나는 아저씨가 그 말을

하지 않았으면 했다. 그러면 엄마, 아빠가 죽었다는 상황을 받아들이고는 내 삶을 살 수 있을지도 몰랐다. 내게 희망을 주려고 그랬겠지. 이런 생각도 잠시였다. 아저씨는 자리에서 일어나더니 모니터를 가리키며 말했다.

"여기서 빛의 속도에 가깝게 돌고 있어."

나는 모니터를 보았다. 아빠와 엄마가 있다는 곳에는 빛들만이 빠르게 움직이고 있었다. 빛들의 최종 목적지는 무엇도 보이지 않는 중심부였다.

・ ・ ・

트럭은 중간 기점에서 다른 트럭을 만나 화물을 건네고는 여름성으로 방향을 틀었다. 푸르른 유리구슬처럼 작고 둥근 것이 점차 나를 삼킬 것처럼 자기 몸집을 부풀리기 시작했다. 차체는 서서히 빨라지더니 이내 여름성 대기권으로 진입했다. 운전사가 무전기에 대고서 말했다.

"여기는 알파. 착륙하겠다."

트럭은 아주 얇고 투명한 막을 폈고, 이 막은 트럭 전체를 살짝 감쌌다. 탄소 나노 튜브로 만들어진 막이었다. 트럭은 빠르게 하강하기 시작했다. 무언가 막을 긁는 소리가 들려왔다. 멀리서 보면 얼음처럼 보였다. 그러나 그것들은 얼음보다도 훨씬 단단했다. 다이아몬드 덩어리였다. 그것들은 무서운 속도로 트럭을 향해 다가오고 있었다. 나는 반사적으로 몸을 틀었다. 다이아몬드 덩어리들이 막에 부딪혀 사방에 흩날렸다. 진동이 느껴졌지만 순간이었다. 트럭은 물류 센터를 향해 부드럽게 각도를 조절하며 착륙했다. 나는 감지기를 챙겨 들고서 문 앞에 섰다. 트럭이 멈추자마자 문이 열렸다.

"얼른 움직여!"

반장님의 카랑카랑한 목소리가 들려왔다. 귀에서 피가 날 것 같이 큰 소리였다. 나는 자연스럽게 화물차에서 뛰어내리고는 운송 로봇들이 줄지어 대기하고 있는 곳으로 달려갔다. 발걸음은 자연스러웠다. 휴게실에서 잠시 눈을 붙이다 나온 것처럼 보여야 했다. 조금이라도 어색한 모습을 보이면 반장님께 트럭에 몰래 올라탄 사실을 들킬지도 몰랐다. 누군가 빠른 걸음으로 내게 다가왔다. 그 애는 나를 보고도 못 본 척했다. 나는 그 애를 불렀다.

"야."

형태였다. 나와 비슷한 나이대의 남자아이였다. 처

음 봤을 때는 분명 나보다 키가 작았는데, 이제는 한 뼘 넘게 차이가 날 정도로 훌쩍 키가 자라버렸다. 목소리도 굵고, 말수가 적어 무뚝뚝해 보였다. 굳이 친해지고 싶지는 않았다. 사람은 언젠가 떠나고, 기계들은 언젠가 망가지기 마련이니까.

형태는 고개를 들어 나를 보았다. 나는 주변 눈치를 살폈다.

"여기."

나는 형태에게 돈을 건넸다. 형태는 화물차에 문제가 있는지 감시하는 역할로 내게 돈을 받고서 내가 몰래 화물차에 탈 수 있게 도와주고 있었다. 형태는 주변을 살피며 돈을 주머니에 쑤셔 넣고는 고개를 끄덕였다.

알 수 없는 아이였다.

· · ·

내가 몰래 화물차에 올라탄 첫날 형태에게 들켰다. 화물칸에서 나오는 나를 본 형태는 당황한 듯 얼굴을 붉히다가 고개를 돌렸다. 나는 형태가 곧장 반장님에게 말해서 해고당할 것이라 생각했다. 절박했다. 엄마와 아빠는 어디에 있는지도 모르고 있는 상황에서 한 행동이었다. 이제 끝이라고 생각했다. 곧장 형태를 뒤쫓아갔다. 그런데 형태는 나를 보더니 대뜸 말했다.

"말 안 할게. 누구한테도."

고마움보다는 의문이 들었다.

"왜?"

형태는 나와 눈을 제대로 마주치지 못했다. 형태가 고개를 숙인 채로 말했다.

"그냥."

형태는 다시 자기 자리로 돌아가려 했다. 그러나 도저히 이해할 수가 없었다. 나를 숨겨 준 것을 들킨다면 형태도 해고당할 것이었다. 그런데 왜 그냥 못 본 척했던 걸까? 세상에 이유 없는 호의는 없었다. 나는 형태를 불러 세웠다.

"야. 잠깐만."

주머니에서 돈을 꺼냈다. 형태는 받지 않으려는 듯 뒷걸음질을 쳤으나, 나는 멈추지 않았다. 억지로 형태의 주머니에 돈을 쑤셔 넣었다. 형태는 자기에게 왜 돈을 주냐는 식으로 나를 보았다.

"앞으로 더 많이 타고 다닐 거야. 난 너한테 신세 지기 싫어. 그러니까 매번 너한테 돈을 줄거야. 이건 거래야. 알겠지?"

형태는 고개를 끄덕이지 않았지만, 이후로도 우리의 거래는 계속됐다. 형태는 나를 모른 척해 줬고, 나는 형태에게 돈을 주었다. 우리 사이는 거기까지였다. 굳이 형태와 가까워질 필요성을 느끼지는 못했다. 또다시 카랑카랑한 목소리가 들려왔다.

"야! 김은하! 얼른 물건 안 실어? 뒤에 다 밀린 거 몰라?"

반장님이 컨트롤 타워에 앉아 내게 소리쳤다. 나는 반사적으로 귀를 막고는 알겠다고 외쳤다. 운송 로봇에 올라타자, 톱니바퀴 맞물리는 소리가 들려왔다.

그래도 반장님을 미워할 수는 없었다. 미성년자가 여름성에서 구할 수 있는 일자리는 거의 없었다. 부모님이 계시지 않는다는 이유로 다른 일자리들은 모두 거절당했다. 그러나 반장님은 부모님이 계시지 않는다는 것을 듣고서 내게 일자리를 주었다. 물론 정말 그것 때문인지는 알지 못한다. 다만, 내게 전화로 합격을 통보하면서 반장님은 본인도 혼자 여름성에 왔다고 짤막하게 말을 흘렸을 뿐이었다.

날마다 트럭 화물칸에 올라타 돌아다니고 있었으니, 분명 눈치를 채고 있었을 것이다. 그러나 반장님은 끝까지 내게 뭐라 하지 않았다. 가끔 내가 일터에 잘 눈에 띄지 않는다며 틱틱거리면서도 먹을 것을 챙겨 주거나, 보너스라며 내 일당에 자기 몫을 떼어 주기도 했다. 나는 그때마다 미안한 마음에 고개를 땅이 꺼져라 숙일 수밖에 없었다.

그러나 그마저도 이제는 힘이 들었다. 나는 홀로그램 기기를 켜 보았다. 여름성 주변에 있는 웬만한 경로는 모두 가 보았다. 머리가 아파 왔다. 나는 잠시 주저하다가 감지기를 쓰레기통에 처박았다.

. . .

화물 적재를 마치고는 잠시 쉬는 시간을 가졌다. 나는 구형 화물차 창고에 들어갔다. 창고 내부에는 먼지가 쌓인 수십 대의 화물차가 정차해 있었다. 모두 교체 대상인 화물차들이었다. 블랙홀의 강력한 중력에 금방 부품들이 망가지기 일쑤라 적어도 15년에 한 번씩은 화물차를 바꾸어야 했다.

나는 화물차의 문을 몰래 열고는 올라탔다. 먼지 쌓인 핸들과 어지럽게 늘어진 계기판이 보였다. 엄마와 아빠가 몰았던 기종이었다. 지난 1년간 틈만 나면 이 차를 꼼꼼하게 살폈다. 차에 들어간 부품 이름을 모조리 외울 정도였다. 어디선가 파편을 발견할까 봐, 그때 모르고 지나칠까 봐, 이 화물차를 연구하고 또 연구했다.

그러나 이제는 쓸모가 없었다. 내 힘으로는 절대 엄마, 아빠를 찾을 수 없었다. 그렇게 많이 돌아다녔는데도. 어쩌면 이미 그들은 사건의 지평선을 넘어 버렸을지도 몰랐다. 나는 가만히 화물차 내부를 바라보다가 창고를 빠져나왔다. 오래된 화물차가 폐차되는 것처럼 나도 엄마, 아빠를 놓아야 했다.

창고에서 나와서는 활주로에 앉아 부단히 이륙과 착륙을 반복하는 우주선을 보았다. 우주선에는 수많은 사람이 내렸다. 혹시나 부모님이 있을까 싶었지만, 보이는 건 지구인 관광객들 뿐이었다.

지구인들은 현지인들과 눈에 띄게 달랐다. 우선 그들은 커다란 우주복을 입고 있었다. 머리에는 어항을 뒤집어 놓은 것 같은 헬멧을 착용하고서 자주 주변을 두리번거렸다. 아무리 여행 가이드가 괜찮다고 해도 이들은 우주복을 좀체 벗지 않았다. 외계인이라도 보는 것처럼 이들은 신기한 눈빛으로 우리를 바라보았다. 따로 진화가 이루어져 아가미가 있거나 하지도 않은데도 말이다. 그들은 하늘에서 다이아몬드 비가 내리면 손을 뻗고는 환호성을 질러 댔다. 사진기를 들고서 하늘 아래에서 포즈를 취했다. 반면 현지인들은 비를 피하기에 바빴다. 비가 내리기 시작하면 얼굴을 사정 없이 구기며 발을 빠르게 굴렸다. 우리에게 다이아몬드는 예쁜 보석이라기보다, 흑연과 같은 탄소 덩어리일 뿐이었다.

지구인 아이들도 몇 보였다. 우주복을 입고 있어 그런지 어른들이 크기만 작아진 것만 같았다. 그들은 하늘에 떠 있는 무지개를 보더니 팔과 다리를 길게 늘어뜨리며 연신 흔들어 댔다. 지구인들 중 하나가 뒤편으로 고개를 돌아보더니 소스라치게 놀라며 팔을 휘둘렀다.

"더러워."

마치 바퀴벌레라도 본 것처럼 놀랐다. 그 뒤편으로 자연스럽게 시선이 갔다. 경비원들이 모여 있었다. 고개를 내밀어 보니 휴봇 몇이 트럭 화물칸에서 쫓겨나고 있었다. 휴봇들은 무릎을 꿇고는 살려 달라며 경비원들에게 애원했다. 그러나 그들은 다이아몬드가 굴러다니는 바닥에 거칠게 내쳐졌다. 청동 코가 휘어진 데다, 센서가 망가졌는지 몸을 부르르 떨었다. 얼굴에 부착된 디스플레이에는 눈물을 흘리는 이모티콘이 연신 송출됐다. 그들은 외부 은하계로 가는 트럭에 불법 탑승을 시도한 것이었다. 최근 저렇게 여름성을 빠져나가려는 휴봇들이 많아졌다.

여름성이라는 이 혹독한 환경 속에서 병에 걸린 이들이 속출했다. 그들은 망가진 유기체 몸을 버리고서 휴봇에 이식하는 일명 '전뇌화 수술'을 받았다. 이들은 메모리 칩에 인간의 의식만 이식했을 뿐, 겉으로 보아서는 일반적인 로봇과 크게 다르지 않았다. 물론 많은 돈을 들인 몸은 사람의 것과 같은 피부와 장기를 가지고 있어 괜찮았으나, 반대로 돈을 들이지 않은 몸은 내부 전선과 배터리 팩이 그대로 드러나는 일종의 '원시적인 로봇 형태'를 하고 있었다.

우리는 이들은 '휴봇'이라 불렀다.

휴봇들은 우주 어디에서도 환영 받지 못했다. 이유야 다양했지만 그중 가장 큰 문제는 일자리였다. 휴봇들은 인간과는 달리 지치지 않았다. 간단히 배터리만 갈아 끼워 주면 그만이었다. 이들은 퇴직도 하지 않았기에 새로운 휴봇들이 들어갈 일자리마저도 뺏고 있다는 말이 돌 정도였다. 그런데 아이러니하게도 휴봇들은 배터리를 구매하기 위해 일을 하고 또 해야만 했다. 그렇게 과로를 하다가 과부하가 걸려 복구할 수 없을 정도로 망가지면 그들은 그 자리에 돌처럼 굳어 있다가 쓰레기차에 의해 고물상으로 보내졌다.

혐오는 그러한 차이에서 시작됐다. 인간과는 같으면서도 다른 존재. 자신의 일자리를 빼앗는 탐욕 덩어리. 유기체와 비유기체. 인간과 비인간. 같은 전기 신호로 움직이는 둘을 무엇으로 나누는지 나는 알지 못했으나, 사람들은 그 둘을 자주 나누고 차별했다. 차별은 여름성 내부에서도 이어졌다.

그중에서도 여름성의 반(反)휴봇 단체들은 거리를 지나다니는 휴봇들을 습격해서 전원 공급을 끊거나, 부품을 탈취해 부품상에 팔았다. 그들의 명분은 생명체에게 '안식을 준다'는 것이었다.

"데려가."

경비원이 외치자, 경비 휴봇들이 불법 탑승자들을 데리고서 어디론가 가려 했다. 불법 탑승자들의 배터리가 터질듯이 크게 부풀어 올라 있었다. 나는 그들의 뒷모습을 바라보며 혼잣말을 했다.

"그저 살고자 하는 것일 뿐인데…"

• • •

내 혼잣말을 듣는 사람은 없었다. 허탈한 감정을 곱씹는 대신 나는 홀로그램 달력을 펼쳤다. 내가 글을 쓸 수 있을 때부터 써 왔던 달력이었다. 수백만 년 동안의 모든 날짜와 요일이 기록되어 있었다. 나는 달력을 빠르게 넘겨 빨간 동그라미가 쳐진 곳으로 갔다. 2481년 1월 21일. 그 아래에는 문장이 하나 적혀 있었다.

'떠나는 날'

가만히 달력을 보고 있었다. 멀리서 형태가 다가오는 것을 보고는 황급하게 달력을 집어넣었다.

"옆에 앉아도 돼?"

내가 반응하기 전까지 형태는 가만히 서 있었다. 엉덩이를 슬쩍 옆으로 옮기자, 형태는 자리를 잡고서 앉았다. 오래도록 형태와 말이 없었다. 갑자기 왜 나를 찾아왔는가 싶었다. 설마 반장님에게 걸린 걸까? 형태가 조심스럽게 내게 물었다.

"아까 달력에 적어 놓은 건 뭐야?"

나는 멋쩍게 웃어 보였다. 말해 주고 싶지 않았다. 대답하지 않자, 다행히 형태는 빨간 동그라미에 관해 더 묻지는 않았다. 다시 어색한 침묵이 이어지는 것으로 보아 뭔가 내게 묻고 싶은 것이 있는 것 같아 보였다. 내가 먼저 말을 꺼냈다.

"나한테 뭐 물어볼 거 있어?"

형태는 조금 주저하다가 말했다.

"다른 게 아니라. 전뇌화 수술에 대해 좀 알아?"

다소 놀랐다. 형태에게 물었다.

"왜? 너 어디 아파?"

형태가 고개를 저었다.

"아니. 내가 아니라…"

더 말하고 싶지 않은 것 같았다. 나처럼 형태도 타인과 거리를 두고 싶어 할지도 몰랐다. 나는 가만히 형태를 보다가 홀로그램을 열어 보았다. 저장소에는 예전에 받아 놓았던 자료가 하나 있었다. 자료에는 '전뇌화 수술'에 관해 아주 자세한 설명이 적혀 있었다.

형태는 차근차근 자료를 넘겨 보다가 그래프 하나에 시선을 멈췄다. 연도별 휴봇의 수를 나타낸 막대 그래프로 최근 빠른 속도로 높이가 상승하고 있었다. 형태가 말했다.

"많이들 받는구나."

전뇌화 수술을 받아서 휴봇이 된다면 평생 아플 일이 없는 것은 물론, 수명의 한계도 없었다. 배터리 팩만 꾸준히 공급된다면 크게 과장해서 별 하나가 수명을 다해 블랙홀이 되거나 백색 왜성이 될 때까지도 살 수 있었다.

그러나 사람들은 최대한 수술을 받지 않으려 했다. 휴봇들은 여름성을 벗어날 수는 없었기 때문이었다. 여름성을 제외한 모든 행성에서 전뇌화 수술은 불법이었다. 인간성을 해친다는 이유였다. 더불어 종교인들은 휴봇을 인간으로 인정하지 않았다. 영혼이 없다면서 그들은 휴봇을 로봇과 마찬가지로 취급했다.

"균형과 발전."

나는 혼잣말을 했다. 둘이 나란히 설 수 있을 때가 있을까 싶었다. 형태는 머리를 긁적이더니 대화 화제를 돌렸다.

"그거 알아? 성운 BORD-119에는 휴봇들에게 다시 인간 육체를 준대."

나는 노골적으로 얼굴을 찌푸렸다. 형태는 내 표정을 보고는 당황해 말을 우물거렸다.

"브로커가 있대. 돈만 주면 BORD-119까지 책임지고 데려다준다고 한다는데…"

"알고 있어. 그러니까, 그만 해."

싸늘한 내 반응에 형태는 입을 다물었다. 나는 일부러 시선을 멀리 내던졌다. 형태는 어정쩡하게 자리에서 일어나더니 말했다.

"어쩌면 우리도 휴봇이 될 수도 있잖아? 사고를 당하거나, 아프거나. 미리 알아 두는 것도…"

나는 형태를 빤히 보았다. 형태는 내 표정을 보더니 말을 삼켰다. 나는 형태에게 말했다.

"그럴 일 없어. 그러면 차라리…"

그때 우주선이 굉음을 내며 하늘을 향해 날아올랐다. 뿌연 먼지구름을 일으키던 바람이 우리를 향해 불어왔다. 조그마한 다이아몬드 알갱이들이 흩날렸다. 나는 자리에서 일어나 고개를 저었다.

"죽는 게 좋을 것 같아."

· · ·

종교적 이유는 아니었다. 나는 영혼이 있어서 몸을 바꾸면 지옥에 떨어진다는 그들의 말을 믿지 않았다. 구원이나 신의 말씀 같은 것들은 나와 무척이나 멀었다. 휴봇이 진짜 인간인지 아닌지도 중요하지 않았다. 내 경우에는 지극히 개인적인 이유였다.

대화가 끝난 후 형태는 내게 따로 이유를 묻지 않고서 휴봇용 배터리 팩을 건넸다. 받지 않으려다가 상담료라 생각하고는 배터리 팩을 받아 챙겼다. 가격이 꽤나 나갔을 텐데, 어디서 구해 왔는지 알 수 없었다.

집으로 가는 길이 유독 멀게만 느껴졌다. 버스 창에 기대어 하늘을 바라보았다. 항성 빛이 다이아몬드 구름에 산란되며 수십 개의 무지개를 하늘에 띄웠다. 무지개가 하늘에서 쏟아질 것만 같았다. 순간, 머리가 아팠다. 블랙홀 스윙바이를 많이 하다 보니 강한 중력에 머리에 피가 쏠려 그런 건가 싶었다.

집에 도착해서 문을 열었다. 1세대 이주민들이 살던 오래된 타운 하우스였다. 오래된 건물이라 그런지 벽 곳곳이 갈라져 있거나, 패여 있었다. 문을 열자, 휴봇 한 대가 벽에 기댄 채로 멈춰 있었다. 철판으로 뒤덮인 겉만 봐서는 속에 누가 있는지를 알 수가 없었다. 나는 형태에게 받은 배터리 팩을 까서 휴봇 뒤편 배터리 단자에 넣으려다 말았다. 거울을 물끄러미 보았다. 먼저 옷을 갈아입어야 했다. 방으로 가서 벽에 걸려 있는 교복을 집어 들었다. 구김이 없는 거의 새 옷이었다.

교복으로 옷을 갈아 입고는 가방을 들었다. 거울을 보니 어김없는 학생이었다. 땀 냄새에 절은 물류 센터 노동자가 아니었다. 나는 조심스럽게 휴봇에 다가갔다. 전원이 꺼져 있어 마치 숨이 끊어져 있는 것처럼 보였다. 나는 조심스럽게 말을 걸었다.

"할머니."

그러나 내가 알던 그런 따뜻한 품을 가진 할머니는 이제 없었다.

. . .

엄마, 아빠가 실종되고 나서 할머니는 집안의 가장이 되었다. 자격증이나 기술이 없던 할머니는 다이아몬드를 주워다 목걸이를 만들어 지구인 관광객에게 팔았다. 다이아몬드의 크기와 색은 모두 제각각이었다. 그중에서 목걸이에 어울릴 만한 것들을 골라내기 위해 할머니는 허리를 굽혀 바닥을 쓸며 다니셨다. 그렇게 13년을 살았다. 그간 할머니는 마치 진화한 것처럼 보였다. 다이아몬드를 줍기 편하게 허리가 더욱 굽어졌고, 손에는 다이아몬드의 날카로운 결에 맞춰 굳은살이 생겼다. 그리고 끝내 할머니는 쓰러졌다.

병원에서 본 할머니의 머리 사진에는 기포라도 올라온 것 같은 작은 공들이 보였다. 의사는 뇌에 구멍이 난 것이라 했다. 치매 초기라며 얼른 전뇌화 수술을 받아야 한다고 했다. 처음에 할머니는 수술을 거부했었다. 할머니는 지구에 묻히고 싶다고 했다. 그러나 전뇌화 수술을 받은 휴봇들은 지구로 돌아갈 수가 없었다.

오랜 설득 끝에 할머니는 전뇌화 수술을 받았다. 나를 위해서였다. 할머니는 자신이 떠나면 이 세상에 혼자 남게 될 내가 안타까워 어쩔 수 없다고 했다. 나도 알고 있었다. 수술대에 누워 있던 할머니에게 따로 더 이유를 묻지 않았고, 그저 할머니의 마지막 온기를 느끼기 위해 서로를 안고 있을 뿐이었다. 할머니는 꼭 수술실에 들어가는 것을 죽으러 가는 것처럼 생각했다. 손을 떨었고, 연신 눈물을 흘렸다. 수술실에 들어가기 전 혹시나 수술이 잘못되면 내게 혼자서도 세상을 잘 헤쳐 나가라고 했다. 할머니는 그렇게 휴봇이 되었다.

세면대에 물을 받아놓고는 얼굴을 담갔다. 숨이 차오를 때까지 물에서 나올 수 없었다. 울음을 멈춰야 했으나, 해가 질 때까지도 눈가가 벌겋게 부어 있었다. 늦은 밤이 되어서야 얼굴이 제대로 돌아왔다. 떨리는 마음으로 배터리 팩을 할머니의 몸체에 연결했다. 그러자 몸에 불이 들어오더니 할머니가 기지개를 켰다. 어색한 몸짓이었다. 이어서 화면에 불이 들어왔고, 하품을 하는 듯한 이모티콘이 디스플레이에 송출됐다. 할머니는 벌떡 일어나서는 시간을 확인했다.

"벌써 시간이 이렇게 됐냐?"

"응. 마지막 부팅부터 이틀 정도 지났어."

할머니는 머리를 돌렸다. 삐걱거리는 소리가 났다.

"배터리 팩 새로 사 온 거야? 돈은?"

"나, 그 정도 돈은 있어."

"네가 무슨…"

할머니는 잠시 나를 바라보았다. 정확히는 시각 센서로 나를 스캔하고 있었다. 나는 고개를 푹 숙였다. 학교에 다니지 않고 일터에 나가고 있는 것을 들킬 것만 같았다. 그러나 할머니의 센서는 고물이었다. 가끔 개와 고양이를 구분하지 못할 정도였다. 다행히도 할머니는 눈치를 채지 못했다. 할머니가 말했다.

"근데 배 안 고프냐? 아가?"

"응. 고프지는 않아."

내 대답에도 할머니는 주방으로 발걸음을 옮기려했다.

"밥은 먹어야지."

짜증이 났다. 할머니는 제대로 걷지도 못하면서 항상 내 밥을 챙기려 했다. 할머니에게 짜증을 냈다.

"가만히 있어. 그러다 다치면 어떻게 하려고? 부품 값이 얼만데?"

"야, 그럼 할머니가 아니면 누가 네 밥 챙겨줘?"

"안 먹는다고 했잖아."

"그렇다고 밥을 안 먹으면 돼?"

"괜찮다니까."

그럼에도 할머니는 주방으로 가려고 했다. 나는 할머니 어깨를 잡아챘다. 어깨를 감싸고 있던 외형이 벗겨지며 전선들이 드러났다. 나는 그 모습에 눈물이 나왔다.

"그러게 왜 하지 말라는데, 자꾸 그래…"

할머니는 내 모습을 보더니 말했다.

"네가 내 밥 챙겨 주잖니. 나도 네 밥을 챙겨야지."

· · ·

돈이 부족해 가장 저렴한 메모리 칩과 초기 버전 몸체에 할머니를 이식해야 했다. 실리콘 피부가 아니라 군데군데 녹이 슨 철골 구조물이 그대로 드러나 있었고, 축이 나가 있어 걸핏하면 넘어지기 일쑤였다. 나 없이 할머니는 공원에 산책을 가기도 어려워했다.

할머니와 식탁에 마주 앉았다. 메뉴는 김치찌개에 계란말이였다. 할머니가 내게 물었다.

"어떻게, 학교는 잘 다니고 있어?"

나는 얼굴을 찌푸렸다. 목소리도 기존 것이 아니라 정부에서 무료로 배포한 목소리였다. 전형적인 기계 소리였다. 음절과 음절 사이가 매끄럽게 이어지지 못했고, 자주 버벅거렸다. 할머니에게 학교를 그만두고서 일을 나간다고는 말하지 못했다. 할머니가 말했다.

"나가서 사람도 좀 만나고 그래. 집에만 있지 말고."

대답하기가 싫었다. 할머니가 아닌 것 같았다. 할머니의 탈을 쓴 어떤 무엇인가로 보였다. 이미 할머니는 치매로 죽었고, 저기 보이는 휴봇은 그저 할머니를 흉내 내는 다른 존재처럼 느껴졌다. 가끔은 대화조차 하기 싫었다. 이야기를 하려고 해도, 쉽게 입이 떨어지지 않았다. 말을 거는 할머니에게 괜히 짜증만 날 뿐이었다. 할머니는 계란말이 하나를 내 숟가락 위에 올리며 보채듯이 물었다.

"뭔 일 있어? 왜 대답을 안 해?"

"아니야."

할머니는 고개를 숙여 내 얼굴을 확인하려 했다. 태엽 감기는 소리가 들렸다. 이마에 매달린 인공 눈 센서는 오징어의 입처럼 징그러웠다. 할머니가 말했다.

"살이 왜 이리 빠졌어? 학교 다니기 힘들어?"

"아니야. 요즘에 피곤해서 그래."

할머니는 숟가락으로 냄비를 쳤다.

"밥을 안 먹어서 그러지. 빨리 밥이나 먹어."

계속해서 할머니가 보채는 바람에 억지로 김치찌개를 한 술 떠서 먹었다. 변한 것이 없었다. 옛날에 할머니가 끓여 주었던 김치찌개 그 맛 그대로였다. 오랜만에 먹는 집밥이었으나, 더 먹지 않고서 자리에서 일어나 말했다.

"나, 잘 거야. 깨우지 마."

방으로 가서 문을 거칠게 닫고는 물에 뛰어들듯이 침대에 누웠다. 밖에서는 할머니의 것이라고 보기 힘든 인공적인 목소리가 들리고 있었다. 이어폰을 귀에 꼽고는 홀로그램 기기를 켰다. 노래를 듣다가 넘기고는 영화를 보려 했다. 영화 탭을 누르자, 목록이 펼쳐졌다. 모두 수십 번은 더 본 것들이었다. 그것들은 <쇼생크 탈출>, <마더>, <비포 선라이즈> 등 모두 지구를 시공간으로 설정한 작품들로, 오늘날 우리는 그것을 지구 시대극이라 불렀다.

모두 엄마가 모아 놓은 작품들이었다. 엄마는 지구 시대극을 내게 보여 주며 동화책을 읽어 주듯 지구에 관한 이야기를 했다. 인간의 고향이자, 모든 생명체의 출발점. 그 거대한 행성에는 지역마다, 시간마다 모습들이 달라진다고 했다. 수많은 사람들은 지구라는 한 행성에 뭉쳐 살면서 한데 호흡했다. 그들은 우리와는 달라 보였다. 그들은 우리처럼 다른 은하계로 나아가거나, 멋들어진 가상현실 세계 속에서 살지 못했지만 자신들의 상상 속에서만은 자유로웠다. 그들의 영화에서는 미래에 대한 희망이 느껴졌다.

그러나 오늘날 인간들은 달랐다. 다른 항성계로 블랙홀 스윙바이해서 가거나, 가스형 행성을 테라포밍할 수 있었지만, 그러면서 동시에 절대 인간이 하지 못할 것들이 명확해지면서 희망이 점차 사라지는 것을 느꼈다. 마치 정말 맛있는 음식을 꿈꾸던 아이가 실제 그 음식을 먹은 후에 느끼는 상실감 같은 거랄까?

나는 다시 <쇼생크 탈출>을 보았다. 수백 번도 더 본 것이었다. 주인공인 앤디 듀프레인이 필사적으로 교도소를 빠져나가기 위해 몸부림치는 모습이 보였다. 그는 배수관을 지나쳐 비가 내리는 하늘을 향해 손을 들어 올렸다. 그때 나는 영상을 멈추고는 홀로 그램 달력을 폈다. 달력을 넘겨 붉은 동그라미를 친

곳을 보았다.

'떠나는 날'

정확히는 742일 후였다. 그때가 되면 나는 돈을 모아 할머니를 BORD-119로 데려갈 수 있다. 형태가 말한 대로 브로커를 통한다면 BORD-119로 가서 할머니의 육체를 얻을 수 있으리라. 그러면 나는 저기 거실에 있는 깡통 로봇이 아니라 따뜻한 품을 가진 할머니를 만날 수 있다. 그때가 되면 사람들이 할머니를 멸시하거나, 혐오하지 않을 것이다.

그때를 위해서 나는 열심히 일을 하고, 또 했다. 외부 은하로 갈 우주선 티켓 값과 브로커에게 줄 돈이 필요했다. 나도 할머니와 함께 따라가고 싶었다. 다시는 엄마, 아빠 그리고 할머니를 잃은, 이 지옥 같은 경험으로 가득 찬 이 행성으로 돌아오고 싶지 않았다.

터널

트럭에 짐을 모두 실어 넣고는 외쳤다.

"적재 완료!"

온몸이 땀으로 젖어 있었다. 이름과 걸맞게 여름성의 기온은 늘 40도에 가까웠다. 이런 더위에 몸을 꽉 조이는 로봇 슈트를 입은 것만으로도 버거운데 슈트 모터에서 나오는 열 때문에 슈트 내부는 수증기가 넘쳐나는 찜통 그 자체였다. 멀리서 부반장님이 외쳤다.

"쉬어!"

로봇 슈트를 서둘러 벗었다. 발 쪽에 찰박거리며 소리가 났다. 땀으로 양말이 모두 젖어 있었다. 발걸음마다 바닥에 진하게 발자국을 남겼다. 휴게실로 갔다. 얼음물을 한 잔 마시고는 한 대 있는 에어컨 아래에 주저앉았다. 주변을 살폈다. 모두들 기진맥진한 표정이었다. 다른 이들과 말을 나눌 힘조차 없었다. 날씨가 점점 더 더워지고 있는 것 같았다. 나는 숨을 고르고는 땀이 미처 마르기도 전에 자리에서 일어났다.

"은하야. 벌써 나가게?"

주임님이었다. 나는 멋쩍게 웃으며 대답했다.

"선반 정리 해야 해요."

"너, 그러다 쓰러져. 여기서 더 쉬다 가."

나는 고개를 숙이고는 밖으로 나갔다. 사실, 선반 정리는 모두 마친 상태였다. 바닥에서는 아지랑이가 일고 있었다. 몸이 축 늘어지려 했지만, 이겨 내야만 했다. 반장님은 자리에 없었다. 아마 지구에서 온 VIP 고객을 상대하고 있느라 진을 빼고 있을 것이었다. 나는 근처에 있는 형태를 불렀다.

"형태야."

형태는 트럭들 사이를 오가며 화물차 내부를 살피고 있었다. 커다란 문을 열어 직접 머리를 화물칸에 밀어 넣고는 하나도 빠짐없이 특이사항을 확인했다. 일에 열중한 나머지 내 말을 듣지 못한 것 같았다. 나는 형태의 어깨를 두드렸다. 그러자 형태는 시선을 그대로 차 내부에 둔 채로 말했다.

"3A 트럭에 타. 새로운 항로로 간다고 했어."

"아니. 이제 안 갈 거야."

그러자 형태는 나를 내려다보며 말했다.

"왜?"

나는 대답하지 않았다. 대신 형태의 눈을 지그시 바라보았다. 맑고 깊었다.

"그간 고마웠어."

"뭐가?"

"반장님한테 말 안 해 줘서."

형태는 말이 없었다. 나는 멋쩍게 웃고는 돌아서려 했다. 그때 형태가 내 손을 잡았다. 나는 놀라서 형태를 노려 보았다. 그러자 형태가 말을 더듬거렸다.

"마지막으로 한 번만. 한 번만 더 타 봐."

굳게 다짐했는데도, 막상 그런 말을 듣자 마음이 흔들렸다. 아직까지 완전히 놓지 못한 것 같았다. 나는 형태의 손을 뿌리치며 말했다.

"이제 감지기도 없어."

어제 나는 감지기를 쓰레기통에 처박아 버렸고, 오늘 아침에 쓰레기통은 말끔하게 비워져 있었다. 그러나 형태가 잠깐 기다리라는 듯이 손을 들더니 물류 센터 구석으로 달려갔다. 땀방울이 흩날렸다. 형태는 금방 손에 무언가를 들고 왔다. 감지기였다. 나는 얼떨떨한 상태로 물었다.

"이걸 어떻게…"

형태는 내 질문에 답하지 않고서 두꺼운 옷 하나를 내게 던졌다. 옷 무게가 상당해서 넘어질 뻔했다. 이런 더운 날에 무슨 짓인가 싶었다. 형태가 말했다.

"식품 트럭이라 그렇게 덥지는 않을 거야."

고맙다는 말을 하고 싶었지만, 입 밖으로 잘 나오지 않았다. 형태는 묵묵하게 자기 할 일만 했다. 반장님은 그런 형태를 좋아하면서도 싫어했다. 사람 같지가 않다고 했다. 마치 일만 하는 기계 같다면서 자기 자신이나 집에 대한 이야기를 하지 않는 그가 이해되지 않는다고 했다.

그러나 나는 형태를 이해할 수 있었다. 세상에는 자기 자신을 숨기고 싶은 사람도 있다. 왜 사람들은 다른 사람을 기다리지 못하는 걸까? 언젠가는 드러날 텐데. 거리를 조금씩 좁혀 가고 싶은 사람도 있는데.

나는 입을 다물고서 감지기와 옷을 정리했다. 형태에게 고맙다는 말은 끝내 하지 않았다. 나중에 돈을 주면 된다고 생각했다. 형태가 물었다.

"할머니는 잘 계셔?"

나는 형태를 올려다보았다. 머리가 땀에 젖어 말려 있었다. 형태가 내게 배터리 팩을 준 것을 떠올렸다.

"응. 고마워. 덕분에 오랜만에 움직이셨어. 깨자마자 나한테 밥을 어찌나 먹으라고 하시던지…"

갑자기 꼬르륵거리는 소리가 배에서 들렸다. 이상한 타이밍이었다. 부끄러웠다. 금방이라도 도망치고 싶었다. 형태가 말했다.

"아니야. 네가 전뇌화 수술에 대해 알려 줘서 나도 도움이 많이 됐어. 혹시나 불편하지는 않아?"

"뭐가?"

"내가 네 할머니에 대해 알고 있는 거."

한 달 전 집에만 있는 할머니가 보기 안쓰러워 산책을 나왔다. 반휴봇 단체가 있을까 걱정이 되었다. 최근 들어 단체의 규모도 커지고, 폭력성도 높아졌다. 그들은 자신들의 일자리를 빼앗지 말라면서 휴봇을 보이는 족족 밀쳤고, 심지어는 경찰 앞에서 휴봇들의 배터리를 빼 버리기도 했다. 그렇다고 마냥 집에만 있을 수는 없었다.

잠깐 동네만 돌고 가려고 했다. 오랜만에 나와서

그런지 할머니는 사방을 둘러보느라 정신이 없었다. 피부 촉각 옵션을 추가하지 못해 분명 온도를 느끼지 못했을 텐데, 할머니는 날이 시원하다면서 자주 나오겠다고 했다. 들뜬 할머니와 달리 나는 신경을 곤두세우고는 아주 느리게 걷는 할머니의 걸음에 맞춰 동네를 돌았다. 엄마, 아빠와 함께 살았을 때와 지금 이곳이 달라진 것이라고는 건물이 더 낡아진 것뿐이었다. 언젠가 이곳은 누구도 살지 않을 것이다. 그땐 나도 떠나겠지. 그렇게 생각을 이어 가다가 이상한 무리를 만났다. 거리를 어슬렁거리는 불량배들이었는데, 차츰 우리에게 다가오는 그들의 발걸음이 느껴졌다. 무리 중 하나가 말했다.

"이 시간에 왜 돌아다녀? 인간도 아닌 게."

그러자 다른 하나가 맞장구를 쳤다.

"감정도 느끼지 못한다잖아. 우리 일자리 뺏고도 별생각 없을걸?"

속으로 모두 인간이라고, 모두가 같은 감정을 느끼는 사람이라고 말해 주고 싶었다. 그러나 나는 할머니를 끌고서는 도망치다시피 빠르게 걷기 시작했다. 그들 중 하나가 내게 말을 걸려 했을 때, 우연히 형태와 마주쳤다. 나는 형태가 이 주변에 사는지 알지 못했다. 전까지만 해도 우리는 서로에 대해 관심조차 주지 않았다. 형태는 분명 나를 알아보았다. 그때 할머니가 하늘을 보며 말했다.

"네 엄마, 아빠도 따라 걸었으면 좋았을 텐데. 이 할머니 소원은 그거 하나야."

그 말을 듣고서 형태는 내 옆에 서더니 어깨 위에 손을 올렸다. 그리고는 그들을 가만히 응시하며 나를 집까지 데려다주었다. 그들은 형태를 보자마자 거리를 두고서 더는 내게 다가오지 않았다. 나는 그런 형태의 행동에 살짝 당황했으나, 형태에게 따로 이유를 묻지는 않았다. 형태도 마찬가지였다. 형태의 시선은 오직 그들에게 향해 있었다. 그들 중 몸집이 작은 아이 하나는 우리 집 앞까지 따라왔다. 주머니 나이프를 들고서 멀리서 우리를 보았다. 형태는 공동현관문까지 우리를 바래다주고서 말없이 할머니를 향해 고개를 숙이고는 돌아갔다. 창 너머로 형태가 그 아이와 무언가 이야기를 나누는 것을 보았다. 꾸지람을 하는 것 같았고, 아이는 가만히 듣다가 우리 쪽을 한 번 흘겨보고는 자리를 옮겼다.

그때는 형태 덕분에 위기에서 벗어났다는 고마움보다 할머니가 휴봇이란 것을 형태에게 들켰다는 것에 부끄러움을 더 심하게 느꼈다. 아마 그냥 지나쳤더라면 몰랐을 터였다. 발가벗은 듯한 기분이었다. 솔직히 말해서, 싸구려 몸체에 무료 목소리를 내는, 거기다 제대로 걷지도 못하는 할머니의 모습을 다른 누군가에게 보이고 싶지 않았다.

나는 최대한 아무렇지 않게 형태에게 말했다.

"응. 괜찮아. 일부러 숨기는 것도 아니니까."

자리를 피했다. 얼굴이 화끈거렸다. 할머니가 괜히 원망스러웠다.

형태가 말한 3A 트럭을 찾아내고는 올라탔다. 내부 조명을 켜지 않고서 오랫동안 무릎에 얼굴을 파묻었다. 또다시 시작이었다. 트럭에는 냉동 닭들이 가득했다. 목이 잘린 닭들은 허공에 매달려 트럭의 움직임에 따라 이리저리 진자 운동을 했다. 트럭 안은 여름성과 달리 매우 추웠다. 몸이 덜덜 떨렸고, 입김이 나왔다. 형태가 두꺼운 옷을 주지 않았더라면, 냉동 닭들처럼 나도 꽝꽝 얼어붙었을지도 모른다. 닭들이 갑자기 한쪽으로 쏠렸다. 트럭이 블랙홀에 가까이 접근하고 있었다. 나는 감지기를 꺼내 들었다. 감지 화면에는 운전사와 나, 여전히 두 점뿐이었다. 운전사와 관제실 사이에 대화가 오갔다.

"여기는 알파. 궤도로 진입하겠다."

트럭은 서서히 블랙홀 궤도로 진입하기 시작했다. 창으로 빛을 내고 있는 거대한 블랙홀 고리가 보였다. 그 압도적인 광경에 감지기를 쥐고 있는 손에 힘이 풀렸다.

'바뀌는 게 있을까?'

'심지어 엄마, 아빠를 찾는다고 해도.'

작년까지만 해도 둘에게 할 말이 많았다. 홀로그램 노트를 빼곡하게 채울 정도였다. 그러나 올해가 되자마자 모조리 삭제해 버리고 말았다. 수백 번이나 트럭을 타고 우주를 돌아다닌 결과였다. 우주, 어디에서도 그들의 흔적을 찾을 수가 없었다. 그간 써 놓은 것들이 의미 없어 보였다. 닿지 못할 말들이었다. 나는 주먹으로 머리를 치며 정신을 가다듬었다.

'나중에 생각하자.'

운전사가 무전기에다 대고 말했다.

"알파, 스윙바이 시작하겠다."

창문틀을 손으로 잡았다. 나는 어떻게든 감지기에서 시선을 떼려 하지 않았다. 그러나 내 의지를 비웃기라도 하듯이 온몸이 한쪽으로 밀렸다. 호흡을 조절해야 했다. 속도가 점차 빨라짐에 따라 시야가 점차 좁아졌다. 갑자기 머리가 깨질 듯이 아팠다. 비명을 지르고 싶었지만, 몸이 움직이지 않았다. 머리가 터질 것만 같았다. 시야가 매우 좁아져 거의 아무것도 보이지 않기 직전에 감지기 화면에 떠 있는 또다른 점 하나가 보였다.

· · ·

눈을 떠보니 휴게실이었다. 나는 휴게실 간이 의자 위에 누워 있었다. 에어컨 바람이 산들산들 불어왔다. 손에는 감지기가 쥐어져 있었다. 마지막 순간이 불현듯 떠올랐다. 화들짝 놀라 일어나려 했으나, 머리가 깨질듯한 두통이 몰려와 다시 누워야 했다. 세상이 빙글빙글 도는 것만 같았다. 문이 열리고 누군가 들어왔다.

"누워 있어."

형태였다. 형태는 내게 물병을 건넸다. 나는 자리에서 일어나려 했지만 몸에 힘이 들어가지가 않았다. 형태는 걱정이 가득한 표정으로 말했다.

"내가 먼저 발견 안 했으면 너, 진짜 큰일 날 뻔했어."

물을 한 모금 마시고는 형태에게 말했다.

"감지기, 감지기에…"

형태의 표정이 좋지 않았다. 형태가 어렵게 입을 떼었다.

"알고 있어. 구조대에는 연락해 뒀어. 근데 기대는 말아."

"왜?"

"다른 트럭도 거길 지나가고 있었어. 네가 오해했을 수도 있어."

형태는 나를 한 번 슥 보더니 담요를 덮어 주었다. 어지러웠다. 두통 때문인지 표정 관리가 되지 않았다. 실망감은 그대로 얼굴에 드러났다. 울고 싶었고, 형태에게 왜 다시 내게 우주로 가 보라 했냐고 따지고 싶었다. 그러나 명백히 형태의 잘못은 아니었다. 그 말에 휘둘린 내 잘못이었다. 나는 입술을 깨물고서 소파 등받이를 향해 고개를 돌렸다. 형태가 말했다.

"그것보다 너 쓰러졌었어. 내가 빨리 발견했기에 망정이지, 아니었으면 너…"

형태가 말을 삼키는 것처럼 느껴졌다. 내가 아무런 말도 하지 않자, 형태는 내 어깨를 툭 치고는 자리를 피하려 했다. 나는 얼굴을 담요에 파묻은 채 말했다.

"돈 가져가."

평소라면 형태의 주머니에 돈을 쑤셔 넣었을 테지만, 그때는 말할 힘조차 없었다. 형태가 휴게실을 나가면서 말했다.

"그거 병원비로 써."

. . .

다음 날 병가를 냈다. 내가 원해서 낸 병가는 아니었다. 병원에 가고 싶지 않았다. 그러나 형태는 만약 내가 병원에 가지 않으면 반장님은 물론, 인사과에 그간 있었던 일들을 사실대로 말할 것이라 했다. 반감이 들었다. 자기가 뭐라고 나한테 이래라 저래라 하는지 알 수 없었다. 하지만 형태의 눈빛을 보니 단순 경고로 끝날 것 같지는 않았다.

그렇게 오랜만에 늦잠에 빠져 방에 누워 있었는데, 문이 벌컥 열리더니 할머니가 들어왔다.

"지지배가. 안 일어나고 뭐 해?"

나는 이불을 머리끝까지 덮고는 거짓말을 했다.

"오늘 학교 안 가는 날이야."

"그래도 밥은 먹고 자!"

할머니가 이불을 끌어당기려 했다. 나는 이불을 꽉 붙잡고는 말했다.

"할머니는 배터리 팩도 아끼려고 전원도 잘 안 켜면서 왜 나보고는 계속 밥 먹으래?"

"나야. 필요할 때만 켜고, 끄면 되지만, 넌 살아 있으니까. 그게 안 되잖아."

차라리 나도 할머니처럼 휴봇이 될까 싶었다. 그러면 엄마, 아빠를 찾을 때까지 전원을 끄고 있으면 될 텐데. 할머니는 내 생각을 꿰뚫어 본 것처럼 곧바로 버럭 소리를 질렀다.

"혹여나. 할머니처럼 휴봇이 될 생각은 말어!"

나는 속마음을 들킨 것 같아 얼굴을 깊게 이불에 파묻으며 물었다.

"왜?"

"끝이 있기 때문에 세상이 아름다운 거야. 네 엄마만 돌아와 봐, 할머니도 그때는…"

듣기 싫었다. 귀를 막았다. 본래 죽어야 하는 것이 세상에 있을까? 그러면 나도 태어났으니 죽어야 하는 건가? 인정하고 싶지 않았다. 만약 그런 것이 일종의 순리라면, 불공평했다. 특히나 다른 아이들은 나처럼 열심히 살지 않았다. 그들은 학교에 다니면서 우주 유영을 하기도 했고, 누구나 다 간다는 달나라 여행도 갔다. 나는 어느 하나 제대로 하지 못했다. 짜증이 치밀어 올라 할머니에게 화를 냈다.

"제발! 나 좀 내버려 둬!"

그렇게 말하고는 할머니의 전원을 꺼 버렸다. 할머니의 몸은 축 늘어졌다. 나는 낑낑거리며 방 밖에 할머니를 두고는 다시 전원을 켰다. 그러고는 곧장 방으로 돌아가 문을 닫았다. 눈물이 나왔다. 내게만 왜 이렇게 안 좋은 일들이 벌어지나 싶었다. 밖에서 할머니의 목소리가 들려왔다.

"아가. 혹시 어디 아파?"

나는 대답하지 않았다. 잔소리를 더 듣기 싫어 옷을 대충 챙겨 입고는 집을 도망치듯 나왔다.

버스를 타고서 물류 센터에서 멀리 떨어지지 않은 병원으로 향했다. 반장님께는 할머니가 아프다고 둘러댔다. 접수를 하려고 했는데, 병원 바깥까지 대기줄이 삐져 나와 있었다. 얼핏 보아도 화물차 기사들이었다. 모두들 물류 센터에서 나눠 준 점퍼나 옷, 모자 등을 입거나 쓰고 있었다.

이 근방에 다른 병원은 없었다. 여름성에 유기체로 정의된 사람은 점점 줄고 있었다. 병원도 치료보다는 진단에 초점을 맞추었다. 공장처럼 느껴지기도 했다. 진료실에서 나온 사람들은 곧장 옆 건물에 있는 휴봇

시술소로 향했다. 그들은 들어간 지 하루도 채 지나지 않아 휴봇이 되어 시술소를 걸어 나왔다. 그렇게 환자가 사라지자 많은 의사들은 여름성을 떠났다. 언젠가 여름성에는 휴봇들만이 가득할 것 같았다.

'언젠간 기계가 기계를 고치고, 만들겠지.'

멀지 않은 미래 같아 기분이 이상했다.

간호사가 줄 맨 뒤로 가서 대기하라고 했다. 얼마나 기다려야 할지 알 수 없었다. 화물차 기사들은 일할 때 오래 앉아 있기 때문인지 대부분 서 있었다. 허리를 두들기는 이들이 많았다. 나는 어두운 분위기에 짓눌려 구석에 가만히 앉아 있었다.

한 시간쯤 지나자 내 이름이 전광판에 떴다. 나는 진료실로 들어갔다. 머리가 까진 의사가 커다란 책상 앞에 앉아 있었다. 책상 위에는 물건들이 어지럽게 널려 있었다. 그가 나를 맞이했다.

"김은하 씨. 여기 누우세요."

벽 쪽에 붙어 있는 침대에 누웠다. 의사가 다가와서 머리맡에 있는 버튼을 누르자, 사람 머리 크기보다 큰 구가 떠오르더니 내 몸을 스캔했다. 의사는 책상에 앉아 홀로그램으로 내 것으로 보이는 데이터를 읽고 있었다. 커다란 구는 두 번이나 더 내 몸을 스캔

한 후 이상한 기계 소리를 내며 원래 자리로 돌아갔다. 의사가 말했다.

"여기 앉으세요."

나는 어색하게 자리에 앉았다. 의사는 내게 홀로그램 영상을 하나 띄웠다. 해석할 수 없는 막대 그래프들이 여럿 보였다.

"혹시 보호자분 밖에 계시나요?"

나는 고개를 저었다. 의사는 무언가 설명을 요구하는 것처럼 입에 미소를 띠고 있었다. 내가 말했다.

"한 분 계시긴 한데, 휴봇이셔서…"

그러자 의사가 고개를 끄덕였다. 의사는 과로라 했다. 다행히 바로 전뇌화 수술을 권하지는 않았고, 대신 일을 줄이라는 원론적인 말만 할 뿐이었다. 물론 그럴 수는 없었다. 한시라도 빨리 돈을 벌어 할머니를 저 감옥 같은 기계 몸에서 벗어나게 하고 싶었다. 나는 진료실을 나가기 전에 의사에게 물었다.

"혹시 약 같은 건 없나요?"

의사는 난처해하며 말했다.

"아시다시피 요즘 아프면 대부분 전뇌화 수술을 받아서요. 수요가 없으니 약도 들어오지 않고 있어요."

그렇게 인사를 하고 진료실을 빠져나오려 하는데, 갑자기 의사의 얼굴 표정이 바뀌더니 내게 팸플릿을 건넸다.

"어떻게 전뇌화 수술에 관심 있으세요?"

팸플릿에는 수많은 종류의 기계 육체들이 나열되어 있었다. 가장 아래쪽에 있는 것들은 내가 평생 일해도 갖지 못할 액수였다. 의사가 말했다.

"할부도 됩니다. 어떻게 보면 합리적이죠."

나는 어이가 없어 물었다.

"어떤 부분이요?"

"휴봇이 되면 평생 일할 수 있으니까요. 이왕이면 좋은 걸 골라서…"

나는 강하게 고개를 저으며 진료실을 나왔다. 휴봇이라니. 지긋지긋했다. 내 주변에 휴봇은 할머니로도 충분했다. 심지어 나에게 휴봇이 되라고 하다니. 의사는 주변에 득실거리는 휴봇 혐오에 대해서 그다지 관심이 없는 것 같았다.

'그저 돈벌이로 생각하는 거겠지.'

버스를 타려고 했는데, 휴봇들이 많이 타고 있어서 집까지 걸어가기로 했다. 더위에 도로에서는 아지랑이가 피어오르고 있었다. 휴봇들은 더위를 느끼지 않아 그런지 아무렇지 않게 사방을 돌아다녔다. 더위와 추위를 느끼지 못하는 그들의 삶이 과연 축복받은 삶일까? 죽은 것과 다름이 없지 않을까? 과연 저들이 살아 있는 걸까? 하늘에 오색 빛이 한데 엉키기 시작했다. 금방이라도 빛들이 하늘에서 쏟아져 내릴 것만 같았다.

웨엥-

경보가 울렸다. 다이아몬드 비가 내리려 했다. 사람은 물론, 휴봇들도 정수리 부분을 손으로 감싸고는 건물 안으로 피했다. 지금 내가 이렇게 힘든데, 엄마와 아빠가 어디 있는가 싶었다. 화가 났다. 하늘에다 욕을 하고 싶었다. 그러면 엄마, 아빠에게 들릴까 싶었다. 하늘을 향해 손을 들어 올렸다. 영화에서 봤던 것처럼. 그들이 분노를 뿜어낼 때처럼 카메라가 클로즈업되고 표정 연기를 시작해야만 했다. 그러나 나는 그러지 못했다. 나는 가만히 걷기만 했다. 수군거리는 소리가 들려오는 것 같았다. 다이아몬드가 하늘에서 내렸다. 피부가 날카로운 결정에 베여 피가 났다. 가만히 그러고 있었다.

사람들은 나를 보고서 수군거렸다. 미쳤냐고 말하는 입 모양이 보였다. 무관심하게 스쳐 가는 이들이

고맙게 느껴질 정도였다. 그때 뒤에서 누군가 내 손을 잡아챘다. 휴봇이었다. 나는 손을 뿌리치기 위해 안간힘을 썼으나, 벗어날 수가 없었다. 힘이 상당했다. 그는 나를 지붕이 있는 곳 아래로 데려다주었다. 나는 그가 손을 놓자마자 밖으로 다시 달려가려 했다. 그러나 그는 내 손을 잡고는 놓아주지 않았다.

"놔!"

그는 대답하지 않았다. 가만히 나를 잡고 있을 뿐이었다. 몸부림을 쳤다. 화를 내고 또 냈다. 소리를 질렀다. 사람들이 봐도 상관없었다. 휴봇은 더욱. 그는 아무런 반응도 보이지 않았다. 그의 몸통을 발로 차고, 얼굴을 때렸다. 얼마쯤 화를 냈을까? 그는 갑자기 손을 놓았고, 나는 바닥에 넘어졌다. 고개를 들어 올렸을 때 비는 그쳐 있었다. 뒤를 돌아보니 그도 사라지고 없었다.

어둠 속에 드리운 빛

휴봇이 되기 전 할머니는 가끔 아이처럼 행동했다. 홀로그램 기기를 가지고서 과거 스마트폰을 다루듯이 터치를 하려 하거나 버튼을 찾아 눌렀고, 초기 행성에 이주했을 때처럼 밥을 적게 먹었다. 이유를 물으면 식량을 아끼기 위해서라 했다. 내가 나이를 물으면 할머니는 17살이라 했다. 할머니가 이 행성에 처음 이주했을 때의 나이였다. 그때 할머니는 얼굴 자주 붉혔고, 희어진 머리카락을 손가락으로 배배 꼬았다. 자신에게 딸이 있으며, 그 딸이 손녀를 낳았다는 사실을 까맣게 잊어버린 상태였다. 그때는 무서워 할머니를 마주할 수조차 없었다.

전뇌화 수술을 받고도 할머니는 가끔 그랬다. 어떨 때 할머니는 배터리 팩을 꽂아 놓았음에도 움직이지 않았고, 센서가 제대로 작동하지 않는 것처럼 잘 걷다가도 벽에 부딪혔다.

한 번은 할머니가 크게 넘어져서 출장 기사를 불렀다. 그는 오랫동안 할머니를 관찰했다. 하드웨어에 문제는 없었다. 그러면 소프트웨어의 문제라는 뜻이었다. 나는 그에게 할머니를 치료해 달라고 말했지만, 그는 고개를 저었다.

"어쩔 수 없어요. 전뇌화 수술 자체가 원래 몸의 의식을 옮기는 거라, 정신병도 함께 따라와요. 거기다가 메모리 칩에 계속해서 메모리를 덮씌우면, 자연스럽게 데드 셀이 늘어나죠. 뇌가 늙는 것처럼 메모리도 노화되는 거죠. 아마 더 증상이 심해질 거예요."

"그럼, 방법이 없나요?"

"소프트웨어는 저희가 건들 수 없어요. 하나를 바꾸면 전체가 변하게 되거든요."

이해하지 못했다. 내 표정을 살피던 그는 홀로그램 패드를 꺼내 뇌 그림을 하나 띄웠다. 병원에서 보았던 구멍 난 할머니의 뇌가 떠올랐다. 이어서 서로 연결된 수십 개의 다발들이 보였다. 은하수 같았다. 그가 선 하나를 늘이자, 전체 구조가 뒤바뀌었다. 그가 말했다.

"이렇게 하나를 바꾸면 전체가 변해요. 어떻게 해도 전으로 돌아갈 수는 없어요. 특히나 의식을 이식한 것이기 때문에 전혀 다른 인격체가 될 수도 있어요."

"그럼 계속 이렇게 사셔야 하는 거예요?"

그는 다소 침울한 표정을 짓더니 나를 위로하려는 듯이 주머니에서 손수건을 꺼내 내게 건넸다.

그를 보내고서 나는 할머니를 끌어안고는 울었다. 할머니는 배터리 팩이 빠져 있어 움직이지 않았다. 나도 할머니처럼 잠시 멈췄으면 했다. 잠깐 잠이 들고 나면 엄마도, 아빠도, 할머니도 모두 돌아와서 이 집에서 아주 먼 옛날, 내가 기억하지도 못한 그 시절처럼 함께 살았으면 했다.

멈춰 있는 할머니를 가만히 바라 보았다. 이제는 정말 시간이 없었다. 할머니가 더 망가지기 전에 BORD-119로 보내서 육체를 얻어야만 했다. 달력을 꺼내 보았다. 잔업을 더 한다면 기일을 당길 수도 있을 것이었다. 슬슬 BORD-119에 할머니를 데려다 줄 브로커와도 연락을 시도해야 했다. 할 일이 산더미였다.

할머니의 몸은 차가웠다. 얼른 배터리 팩을 열기 전에 감정을 추슬러야 했다. 내가 울었다는 사실을 할머니가 알면 길길이 날뛸 것이 분명했다.

'정신 차려.'

화장실로 가서 얼굴을 씻었다. 큰 거울 대신, 작은 거울을 세면대 가장자리에 두었다. 할머니는 휴봇이 된 이후로 디스플레이로 도배된 자기 얼굴을 보기 싫어했다. 나는 세면대에 물을 가득 받아 놓고는 눈, 코, 입을 벗겨 낼 것처럼 얼굴을 문질렀다.

그러다가 얼굴을 깊이 물속에 넣었다. 귀에 물이 차서 먹먹해졌다. 그 순간만큼은 혼자가 된 것 같았다. 어쩌면 모든 것이 내 욕심일지도 몰랐다. 엄마, 아빠가 없어, 할머니라도 잡으려는 내 욕심 때문에 할머니가 저렇게 된 것일까? 그런데, 할머니가 없으면, 내가 무너질 것만 같았다. 수도꼭지를 빤히 바라보았다. 무언가 답이라도 찾을 수 있을 것처럼.

"엄마, 아빠…"

나는 숨을 죽였다. 내가 감당하기에는 너무나도 큰 일들이었다. 지구 디오라마에 쌓인 먼지 정도는 내가 털 수 있었다. 바닥을 닦거나 음식을 만들고, 할머

니를 위해 돈을 벌고, 엄마와 아빠를 기다리는 것은
할 수 있었다. 그러나 이 모든 것을 한꺼번에 하기에
는 너무나도 버거웠다. 그때 초인종 소리가 들려왔다.

"누구세요?"

휴일 저녁이었다. 집에 올 사람은 없었다. 친구들
을 만나지 않은 지도 오래였다. 학교를 그만두고 일
을 시작하면서 자연스럽게 모두 멀어졌다. 어쩌면 택
배 기사일지도 모르겠다고 생각했다.

"택배 시킨 적 없어요."

그러나 누군가 초인종 대신 문을 두들기며 말했다.

"나야. 형태."

· · ·

어색했다. 문을 열어 주고 싶지 않았으나, 때마침
다이아몬드 비 경보가 울렸다. 대충 얼굴을 닦고는 문
을 열었다. 형태가 서 있었다. 일을 하다 온 것인지, 온
몸이 땀으로 젖어 있었다. 나는 얼굴에 난 상처를 본
능적으로 가렸다. 어제 집으로 걸어오다가 비에 맞아
생긴 상처였다. 형태가 물었다.

"들어가도 될까?"

하늘을 보았다. 비가 내리려 했다. 내가 슬쩍 뒤로

물러나자, 형태가 문을 열고 들어섰다. 집을 둘러보던 형태는 소파에 앉아 있는 할머니를 가리키며 물었다.

"혹시…"

내가 고개를 끄덕이자, 형태는 물끄러미 할머니를 보았다. 나는 형태에게 소파에 앉으라 말하고는 맞은편 식탁에 앉았다. 공기가 무거웠다. 어색한 침묵이 흐르고 있었다. 먼저 침묵을 깬 쪽은 형태였다.

"어… 반장님이 보내서 왔어. 주소도 그렇게 알았고."

묻지도 않았는데 형태는 그렇게 말했다. 나는 형태에게 물었다.

"휴일인데 왜?"

형태는 머리를 긁적이며 변명하듯이 대답했다.

"현장에 급한 일이 생겨서 반장님이 너 데리고 오라고 하더라고. 근데 네가 전화를 안 받아서…"

홀로그램 기기를 켜자마자 부재중 전화 알림이 쏟아졌다.

"잠시만 기다려."

나는 급하게 작업복을 챙기려 했다. 그때 전화가 왔다. 나에게 온 것은 아니었다. 형태는 홀로그램기기를 켜더니 누군가와 이야기를 나누었다. 그러다가 한

숨을 푹 쉬고서 기기를 끄더니 형태가 말했다.

"방금 해결했다고 안 와도 된대."

짜증이 치밀어 올랐다. 머리가 다시 지끈거렸다.

"왜 사람을 오라 가라 해. 힘들게."

형태가 싱긋 웃더니 내게 말했다.

"대신 휴일 특근 네 시간 인정해 준대."

"그럼 괜찮지."

기분이 사르르 녹았지만, 바로 형태와 나 사이에 어색한 침묵이 흘렀다. 형태는 빠르게 말을 이었다.

"너, 몸은 괜찮아? 병원은 갔다 왔어?"

"응. 별 이상 없대."

"아, 그래? 그럼…"

우물쭈물하던 형태는 집으로 돌아가려 했다. 괜스레 미안했다. 몰래 트럭에 올라타는 것도 눈감아 준 것으로 모자라서 반장님의 부탁이기는 했지만 나를 데리러 여기까지 왔다. 빚지고 살기는 싫었다. 이것도 돈을 주고 싶었지만, 내게 여윳돈은 없었다. 그냥 보낼 수는 없었다. 신발을 신으려던 형태에게 말했다.

"밥 먹고 갈래?"

• • • •

요리라 해서 별건 없었다. 끓인 물에 블록 하나를 넣는 게 전부였다. 시간이 지나면 블록이 퍼지면서 다양한 요리가 되었다. 나는 냄비에 김치찌개 블록을 넣었다. 뚜껑을 닫고서 5분만 기다리면 됐다. 형태는 소파에 앉아 있었다. 거실에는 구형 TV가 한 대 놓여 있었다. 홀로그램 영상과는 달리 벽에 매달려 2차원 평면으로 영상을 보였다. 아래로는 DVD 플레이어와 함께 엄마가 이전에 모아 두었던 영화 DVD들이 쌓여 있었다. 모두 지구에서 떨이식으로 넘어온 것이었다. 형태가 말했다.

"영화, 좋아하나 보네."

"전부 부모님이 모아 놓은 것들이야."

"어떤 영화를 제일 좋아해?"

나는 DVD 더미로 가서는 가장 위쪽에 놓여 있는 <쇼생크 탈출>을 들어 보였다. 표지에서는 앤디 듀프레인이 비를 맞으며 자유를 만끽하고 있는 장면이 보였다. 형태가 물었다.

"어떤 이야기야?"

나는 대략적인 줄거리를 설명했다. 앤디 듀프레인이 누명을 쓰고 교도소에 갇히는 것부터 교도소장의 신임을 얻고서 탈출을 준비하는 일련의 과정을 신나게 이야기했다. 엄마나 할머니가 아닌 다른 누군가에게 내가 가장 좋아하는 영화에 대해 이야기를 한 적이 없었다.

형태는 가만히 내 이야기를 들었다. 앤디가 교도소를 빠져나갔을 때 나는 이야기를 멈췄다. 너무 내 이야기만 한 것 같았다. 머뭇거리는 나를 보더니 형태가 말했다.

"나머지는 내가 찾아볼게. 좋은 작품 추천해 줘서 고마워."

그렇게 말해 줘서 기뻤다. 나는 형태에게 물었다.

"너는 어떤 영화 좋아해?"

"나는 고전 SF."

"SF?"

"응. <인터스텔라>나 <블레이드 러너 2049> 같은 영화."

형태는 홀로그램을 켰다. 순간 다른 세상으로 넘어간 것만 같았다. 커다란 우주선 하나가 스쳐 지나갔다. 그 당시 인간의 상상으로 만들어 낸 우주선이었다. 작은 파리처럼 보이기도 했다. TV 화면에서 출발한 우주선은 나를 지나쳐 우주 공간에 생긴 균열로 향했다. 형태가 말했다.

"내가 만든 영화야. 게임 엔진으로 만들었어."

수많은 항성들과 행성들이 집 안에 떠 있었다. 사람 얼굴만큼이나 다양한 형태의 우주선들이 그 사이를 날아다녔다. 1990년대 일본 애니메이션에서 나올 법한 스페이스 오페라 우주선들도 보였다. 그들은 서로에게 레이저를 쏘아 대거나 때론 협력했다. 그때 손끝에 꼬물거리는 것이 보였다. 인간들이었다. 지금은 상상도 못할 거대한 옷을 입고서 우주를 탐험하고 있었다. 달을 탐험하는 것처럼 그들은 내 손을 오르고 있었다. 나는 형태에게 물었다.

"네가 직접?"

형태가 고개를 끄덕였다. 얼굴에는 그간 본 적 없는 미소가 그려져 있었다.

"응. 언젠가 고전 SF 영화를 만들 거야."

나도 따라 얼굴에 미소가 번졌다. 낯선 곳에서 우연히 만난 친구 같았다. 오랜만에 웃었다. 우리 사이에 놓여 있던 커다란 벽 하나가 무너지는 듯한 느낌이었다. 형태가 내게 물었다.

"넌 꿈이 뭐야?"

가만히 생각하다가 대답했다.

"나? 엄마, 아빠 돌아오고. 우리 할머니, 육체를 되찾는 거.”

형태는 고개를 저었다.

“그것도 좋지만, 내가 말한 건 네 꿈. 네가 하고 싶은 게 뭐야?”

그동안 한 번도 생각해 본 적이 없었다. 어렸을 적부터 내 목표는 정해져 있었다. 엄마, 아빠를 잃은 순간부터 나는 우주를 헤매며 둘을 찾아다녔고, 할머니가 휴봇이 된 순간부터는 할머니에게 육체를 되찾아 주는 것에 내 모든 생활의 초점이 맞춰졌다. 그 견고하고 단단한 목표들에 ‘내 꿈’이 비집고 들어갈 틈은 없었다.

“그건…”

그때 띵- 하고 밥이 완성되었다는 소리가 들려왔다. 나는 형태에게 말했다.

“밥 먹자.”

형태는 홀로그램을 껐다. 다시 방이었다. 우주 나희망으로 부푼 가상 세계가 아니었다. 좋은 꿈에서 깬 것만 같았다. 현실은 부모님은 여전히 실종 상태였고, 할머니는 휴봇이 되어 멈춰 있었다. 얼굴에 그렸던 미소도 스위치가 꺼진 것처럼 사라졌다.

형태도 나와 같은 마음인 건지, 아니면 나를 배려

해 준 건지 밥을 먹으면서 더 이야기를 나누지는 않았다. 우리는 묵묵히 밥을 먹었다. 어제 병원에 다녀온 후로 아무것도 먹지 않았다. 아마 형태가 오지 않았더라면 쭉 굶었을 것이다. 달그락거리는 소리와 함께 국물이 뜨거워 후후 불어 삼키는 소리만이 식탁 위를 채웠다.

밥을 모두 먹고 나서 형태는 설거지를 하겠다고 했지만, 나는 억지로 형태를 문밖으로 떠밀어 보냈다. 형태가 말했다.

"내일 보자."

그 작은 말이 얼마나 내게 힘이 되었는지 모른다. 나는 무너져 가고 있었다. 상처 받고 싶지 않아 가까워지지 않으려 했지만 나는 물에 빠져 지푸라기라도 잡으려 하는 사람처럼 오히려 의지할 곳을 필사적으로 찾고 있었다. 형태의 발소리가 멀어지는 것을 듣고 나서 나는 크게 한숨을 내쉬었다.

갑자기 전화가 왔다. 모르는 번호였다. 형태가 무언가를 두고 간 것 같았다. 전화를 받았다.

"어, 형태야. 뭐 두고…"

"여기 구조대입니다."

나는 놀라서 되물었다.

"네? 구조대요?"

이어진 말들에 나는 용수철처럼 자리에서 벌떡 일어나 버렸다. 심장이 미칠 듯이 뛰었고, 머리가 핑하고 돌았다. 그가 말했다.

마침내 엄마를 발견했다고.

마주해야 하는 것

"이야, 일 열심히 하네. 최고야, 최고."

반장님이 내게 다가왔다. 쉬는 시간을 알리는 종이 울렸음에도 나는 멈추지 않았다. 계속해서 물건을 날랐다. 땀이 비 오듯 쏟아졌다. 슈트 안에서 첨벙거리는 소리가 들릴 정도였다. 나는 슈트 아래의 마개를 열어 땀을 빼내고서는 다시 자리로 복귀하려 했다. 반장님이 말했다.

"열심히도 좋지만, 너 그러다 쓰러져. 쉬다가 해."

"이것만 하고요."

반장님은 바로 가지 않고서 잠시 내 주위를 맴돌았

다. 더울 텐데, 하는 생각은 오히려 더위에 삼켜졌다.

반장님이 내게 다가와 물었다.

"어떻게 요즘 할머님은? 좀 괜찮으셔?"

"괜찮으세요. 왜인지는 모르겠지만, 디지털 치매 빈도도 줄었고요."

배터리를 살 돈이 없어 오래 꺼 두어서 그렇다는 말은 하지 않았다. 더 대답하지 않자 반장님은 가만히 나를 바라보다가 혀를 끌끌 차더니 자기 자리로 돌아갔다. 형태는 몇 번이고 티나게 나를 곁눈질했으나, 나는 형태에게 눈길조차 주지 않았다.

'조금만 더.'

일을 해야 했다. 트럭 하나만 더 처리하면 추가 수당까지 받을 수 있었다. 돈이 필요했다.

당장 엄마를 만나고 싶었지만 모든 것에는 절차가 있었다. 엄마는 당국의 판단 아래 일주일간 격리를 해야 했다. 유독 물질을 품고 있을 수도 있다는 이유 때문이었다. 각종 진단과 검사로 위험성이 없다고 판단되고 나서야 면회가 허용된다고 했다. 문제는 한 가지 더 있었다.

"아빠가 없었다고요?"

엄마를 찾았다는 소식을 전한 구조대원은 구조 당

시 상황을 설명하기 시작했다.

"네. 감지기에도 잡히지 않았어요. 어머님만 찾을 수 있었습니다."

"혹시 그 주변에 수색을…"

"저희가 해 봤는데, 신호가 없었어요."

나는 빌 듯이 말했다.

"수색을 조금 더 해 주시면 안 될까요?"

수화기 너머 상대는 안쓰럽다는 말투로 말했다.

"그럼 수색 비용 일부를 더 내셔야 해요."

그가 말한 비용은 지금까지 내가 모은 돈의 전부였다. 도저히 감당할 수가 없었다. 나는 빌 듯이 그에게 물었다.

"혹시, 방법은 없을까요? 후원을 받거나, 어디서 도움을 받거나…"

"알아봐 줄게요. 그래도 우선 돈을 내야 수색이 시작될 거예요."

전화는 그렇게 끊겼다. 조금이라도 더 벌어야 했다. 줄일 수 있는 모든 부분에서 지출을 줄여야 했다. 다행히 이제 수색 범위가 한정되어 트럭에 올라탈 필요는 없었다. 그 말은 형태에게 돈을 줄 필요가 없다는 뜻이었다. 감지기를 중고로 팔고, 밤에도 일을 하기로 했다. 할머니에게는 미안했지만 잠시간 배터리 팩을 사지 않기로 했다.

'그래도 부족해.'

아무리 셈을 해도 충분한 돈을 마련할 수가 없었다. 수색 비용을 내고 나면 할머니를 BORD-119로 보낼 돈이 없었다. 지금도 돌처럼 집 한가운데에 멈춰 있는 할머니가 떠올랐다. 배터리 팩이 없으면 죽은 것과 다름없이 멈춰 있었다. 분명 그토록 바라던 대로 엄마를 찾았는데, 오히려 머리는 더욱 복잡해졌다.

한편으론 두렵기도 했다. 사건의 지평선에 잡혀 있던 엄마는 그때부터 거의 늙지 않았다. 나와 나이가 그리 많이 차이 나지 않았다. 엄마에게 무슨 말을 해야 할까? 엄마는 나를 기억은 하고 있을까? 우리의 시간적 차이는 어떻게 극복해야 할까?

걱정이 머릿속에 가득 들어차다 보니 심지어는 '엄마가 돌아오지 않았더라면' 하는 이상한 생각마저 들기 시작했다. 할머니에게 우선 엄마를 찾았다고 말하지는 않았다. 용기가 나지 않았다. 충격을 받아 쓰러질지도 몰랐다. 짐을 나르던 와중에 반장님의 목소리가 들렸다.

"은하야! 이리 와 봐!"

나는 그제야 로봇 슈트를 벗을 수 있었다. 더위에 머리가 어지러웠다. 이를 악물고서 버텼다. 반장님은 그늘 아래에서 부채질을 연신 해 대고 있었다. 반장님이 나를 보며 혀를 끌끌 차더니 말했다.

"너, 형태랑 트럭 타고 겨울성 물류 센터에 가서 화물 통관 서류 좀 받아 와."

나는 쌓여 있는 짐 무더기를 가리키며 말했다.

"일이 많은데요."

"잔말 말고 갔다 와."

"직접 안 가시고요?"

반장님은 얼굴을 찡그렸다. 주름이 얼굴에 가득 찼다. 주머니에서 지갑을 꺼내더니 현찰을 몇 장 꺼내 내게 건넸다. 언뜻 보기에도 하루 일당보다 많았다.

"특근비 줄 테니까. 얼른 가."

반장님은 귀찮다는 듯이 돈을 거머쥔 손을 까딱거렸다. 반장님이 일부러 힘들어하는 나를 위해 그런 자리를 만든 것임을 알고 있었다. 미안함이 불쑥 솟아올랐으나, 가릴 처지가 아니었다. 나는 반장님이 건넨 돈을 받아 들었다. 운전석에 자리가 없어 화물칸에 타야 했다.

겨울성으로 향하는 트럭에 올라탔다. 에어컨이 나

와 무척이나 시원했다. 에어컨 바람을 눈을 감고서 느꼈다. 사막에서 오아시스라도 만난 것만 같았다. 발소리가 들렸다. 형태도 트럭에 올라타려 하고 있었다. 하필 형태라니. 순간 좋기도 했으나, 무언가 내 치부를 보였다는 생각에 피하고 싶기도 했다. 인사를 나누기도 전에 문이 닫혔다. 아무것도 보이지 않았다. 서로의 숨소리만 들릴 뿐이었다. 형태가 말했다.

"여기, 시원하다. 그지?"

고개를 끄덕였다. 어제 일이 생각나서 말이 잘 나오지 않았다. 마치 비밀을 들킨 것만 같았다. 분명 어두워 보지 못했을 텐데도, 형태는 말을 계속해서 이었다.

"사실 나, 우주로 처음 나가 봐."

"그래?"

"응. 한 번도 나가 본 적 없어."

그때 불이 들어왔다. 형태의 얼굴이 보였다. 반가웠다. 달콤한 냄새가 풍겨 왔다. 본 적 없는 과일들이 한 무더기 쌓여 있었다. 겉이 노랗고, 알맹이를 말랑한 껍데기가 품은 모양새였다. 한눈에 봐도 지구에서 온 것 같았다. 평소에 보기 어려운 과일들이었지만, 눈에 들어오지는 않았다. 나는 형태에게 말했다.

"아름다울 거야. 이 여름성에 있는 어떤 공간보다
도."

· · ·

우리는 화물칸에 설치된 임시 좌석에 앉았다. 트
럭은 점차 가속하기 시작했다. 수십 번째였지만, 여
름성의 중력을 벗어날 때면 심장이 터질 것만 같았
다. 형태는 눈을 감고서 숨을 거칠게 내쉬었다. 안전
벨트를 두 손으로 꽉 쥐었다. 처음으로 우주로 나갔
을 때를 떠올렸다.

엄마, 아빠를 찾겠다는 의지 하나로 물류 센터에
입사한 첫날 트럭에 올라탔다. 인터넷에서 중력을 견
디는 법을 미리 공부했다. 자세를 바로 하고서 호흡을
조절해야만 했다. 물론 생각대로 되지는 않았다. 트럭
이 최고 속도를 돌파했을 때, 나는 정신을 잃을 뻔했
다. 정신을 잃어 가는 순간에 나는 지독한 외로움을
느꼈다. 주변에 아무도 없었다. 온전히 나 혼자서 감
당해야 하는 순간이었다.

형태의 손이 덜덜 떨리고 있었다. 나는 나도 모르
게 형태의 손을 잡았다. 형태가 나를 보았다. 떨림이
내게도 전해졌다. 트럭이 하늘로 날아오르며 한계 속

도를 돌파했다. 우리는 숨을 골랐다. 누군가 손으로 허파를 짓누르는 것만 같았다. 숨을 나눠서 쉬어야 했다. 운전사가 말했다.

"여기는 알파. 안정 궤도 진입하겠다."

그제야 떨림이 멈췄다. 숨이 터져 나온 것과 동시에 우리 둘 모두 웃었다. 큰 산 하나를 넘은 것 같았다. 그것도 함께 말이다. 나는 형태의 얼굴을 가리키며 말했다.

"너, 얼굴 터질 뻔했어."

"너도 마찬가지야. 볼이 빵빵해져서는."

나는 형태의 어깨를 쳤다. 형태는 몸을 빼면서 어색하게 웃었다. 형태 쪽으로 몸이 따라갔다. 여태 손을 잡고 있음을 깨닫고는 얼른 손을 풀었다. 어색한 기류가 흘렀다. 손은 서로의 땀으로 축축했다. 에어컨 바람이 더욱 차갑게 느껴졌다. 형태는 작은 창에 시선을 던졌다. 나는 형태에게 물었다.

"어때? 네가 생각하던 우주랑 같아?"

"아니, 더 엄청 나."

눈이 반짝이고 있었다. 마치 별처럼. 형태의 머릿속에서는 전에 집에서 보았던 것과는 또 다른 SF 세계가 펼쳐지고 있었을 것이다. 새로운 형태의 우주선과 우주복이 형태의 상상 속에서 그려지고 있을지도 몰랐다. 형태가 창 너머를 가리키며 말했다.

"저기 봐."

나는 자세히 형태가 가리킨 곳을 보았다. 무엇도 보이지 않았다. 빛마저도 삼켜 버리는 블랙홀이었다. 블랙홀은 언제 봐도 익숙해지지 않았다. 형태가 창밖 풍경에 푹 빠진 사이 트럭은 겨울성을 향해 나아가기 시작했다. 형태가 말했다.

"블랙홀이야. 아름다워."

나는 표정을 구겼다. 우주는 아름다웠지만, 블랙홀은 그러지 않았다. 그것은 모든 사건의 원인이었다. 저것만 없었더라도, 엄마, 아빠는 실종되지 않았을 것이며, 할머니는 휴봇이 되지 않았을 것이다. 우리는 다시 자리로 돌아가 안전벨트를 맸다. 가속도가 점차 붙기 시작했다. 머리가 따라서 조금씩 지끈거렸다. 형태는 창을 계속해서 바라보았다.

우리는 블랙홀을 살짝 지나쳐 겨울성으로 향했다. 겨울성은 여름성과는 달리 늘 겨울인 행성이었다. 에어컨을 켤 필요도 없었다. 트럭에서 내리려 했으나, 운전사가 말렸다. 자기가 가서 서류를 받아 온다고 했다.

창을 내다보니 세상은 온통 눈으로 덮여 있어 하다. 하얗게 빛나는 항성 표면에라도 온 것만 같았다. 운전사는 금방 돌아왔다. 손에는 서류 한 장만이 들려 있었다. 둘을 보낼 만큼 서류의 양이 많지는 않았다. 겨울성에서 서류를 받아 다시 물류 센터로 돌아갔다. 머리가 복잡해서 형태에게 자세한 이야기를 하지는 않았다. 형태는 돌아가는 길에 창을 내다보며 말했다.

"동생도 봤으면 좋겠네."

"동생?"

"응. 동생이랑 같이 살고 있거든."

형태는 창에서 시선을 거두더니 홀로그램을 띄웠다. 형태와 닮은 작고 귀여운 아이였다. 초등학생 정도로 보였다. 여름성과 비슷한 푸릇한 색깔의 잠옷 차림으로 침대에 누워 있었다. 자고 있는 것 같았다. 형태에게 말했다.

"나중에 같이 나오면 되겠지."

형태가 고개를 저었다.

"걔는 몸이 약해서 중력을 견딜 수가 없어."

"아. 그래?"

나는 달리 뭐라 대답해야 할지 알지 못했다. 형태는 담담하게 말을 이었다.

"응. 사람마다 견딜 수 있는 힘의 양이 다른 것 같아."

우리 둘은 함께 창을 내다보았다. 얼마나 많은 블랙홀들이 사방에 깔려 있을지 알지 못했다. 그것들은 언제든 우리를 삼키려 아가리를 벌리고 있었다.

· · ·

물류 센터에 돌아가니, 반장님이 휴게실에 누워 있었다. 팔로 눈을 가리고는 앓는 소리를 내고 있었다. 서류를 건네기 위해 반장님을 깨우려 하니 주임님이 멀찍이서 몸을 일으켜 내게 손사래를 쳤다. 주임님이 말했다.

"물건 나르느라 고생하셨어. 나이도 많으신데, 무리하시고 참. 휴봇도 아니면서…"

화물차 하나가 떠오르려 하고 있었다. 본래 내가 해야 할 일이었다. 나는 반장님의 머리맡에 서류를 두고서 조심스럽게 휴게실을 나왔다. 코 고는 소리가 밖으로 새어 나왔다.

집으로 가는 길에 연락 한 통을 받았다. 이번에도 구조대였다. 엄마가 깨어났다고 했다. 인지 능력은 모두 정상이라 했지만, 트라우마가 심해서 그런지 말을 하지 않는다고 했다. 나는 알겠다고 말하고는 전화를 끊었다. 만나러 간다는 말이 입에서 쉽게 나오지 않았다.

배신감과 원망 등 이해할 수 없는 감정들이 솟구쳤다. 그것들은 속에서 뱀이 똬리를 틀듯이 점점 더 커질 것만 같았다. 나도 나 자신을 이해할 수가 없었다. 그렇게 엄마를 찾을 때는 언제고, 막상 찾으니 이상한 감정들이 터져 나오는 것과 동시에 만나기를 두려워하고 있었다. 혹시나 내가 알던 모습과는 다를까 봐. 할머니가 휴봇이 된 것을 보고 내게 화를 낼까 봐. 엄마가 그럴 것 같지도 않으면서 말이다. 이제는 할머니에게 엄마에 대해 이야기할 때라고 생각했다.

그런데 집에 도착해 보니 소파에 할머니가 없었다. 놀라서 허둥거리다가 작은 방에서 할머니를 발견했다. 할머니는 홀로그램을 켜 놓고는 무언가를 클릭하고 있었다. 할머니는 시선을 고정한 채로 말했다.

"왔어?"

"배터리 팩, 누가 줬어?"

할머니는 손으로 두 가지 문항 중 하나를 선택하며 대답했다. 선택지를 누를 때마다 종소리가 들렸다.

"아, 예전에 아르바이트하기로 했거든. 옆집 준서

엄마가 와서 켜 줬어.”

나는 할머니 옆에 앉아 물었다.

“무슨 아르바이트인데?”

언뜻 보기에는 일반적인 설문조사처럼 보였다. 질문은 ‘당신의 관절이 망가졌습니다. 두 관절 제조 회사 중 당신이 고를 회사는?’였다. 할머니는 잠시 고민하다가 값이 싼 ‘G 테크’를 선택했다.

“빅 데이터 수집하는 거래. 휴봇들 대상으로 하는 거야.”

“그걸 어디에 쓴대?”

“광고나 소프트웨어 복구에 쓴다고 하더라. 나도 정확하게는 모르지.”

할머니의 손은 점차 빨라졌다. 용량이 그리 크지 않은 배터리 팩 두 개가 뒤편에 놓여 있었다. 기껏해야 두 시간 정도 작동할 수 있는 양이었다. 휴봇이 되어도 살기 위해 일을 해야 하는 것은 변하지 않았다. 우리는 집세를 내고, 옷을 입고, 음식을 먹기 위해, 휴봇들은 배터리 팩을 사기 위해. 어느 한 점에 지독하게 매달려 있는 것만 같았다. 할머니가 한숨을 내쉬며 말했다.

“내 배터리 팩은 내가 벌어야지. 할머니가 돼서 짐

이 되고. 참 면목이 없네."

기계 손가락이 빠르게 움직였다. 데이터가 쌓여서 할머니도 점점 좋아질 수 있을까? 좋아진다고 해서 행복할까? 가끔 치매 증상을 보일 때의 할머니를 떠올렸다. 아이러니하게도 그때가 더 행복해 보였다. 할머니의 마음은 새로운 행성에 와서 잘 살 수 있다는 희망으로 가득 차 있었다. 앞으로 있을 미래가 밝다고 믿는 한 소녀가 있었다. 그러나 지금은.

할머니에서 시작된 희망은 자라지 못하고, 엄마를 거쳐 내게 이르러 시들어 버렸다. 나는 조심스럽게 할머니에게 다가갔다. 따뜻한 품이 그리웠다. 반면에 지금은 차가운 몸에 목소리도 딱딱했다. 살짝 할머니와 떨어져서는 눈을 감았다. 할머니에게 말했다.

"할머니. 엄마 찾았대."

손가락 움직이는 소리가 멈췄다. 적막했다. 할머니의 전원이 꺼진 것이 아닐까 싶을 정도였다. 눈을 떠 보니 할머니는 충격을 받은 듯 그 자리에 멈춰 있었다. 얼굴을 살피니 에러 표시가 떠 있었다. 나는 침착하게 전원을 껐다가 켰다. 괜히 말했는가 싶었다. 메모리에 큰 무리가 가서 영영 본래대로 돌아오지 못하면 어쩌나, 심장이 두근거렸다. 부팅이 완료된 할머니는 천천히 고개를 돌렸다. 쇠를 긁는 듯한 소리가 들렸다. 할머니가 물었다.

"진짜야?"

고개를 끄덕였다. 할머니는 머리와 가슴을 쓸어내렸다. 어쩌면 나보다도 더 엄마를 기다렸을지도 몰랐다.

엄마는 할머니의 딸이었으니까.

할머니가 이어서 물었다.

"네 아빠는?"

"발견 못 했대. 그래서 내가 수색 더 해 달라고 했어."

할머니의 디스플레이에 굳은 표정을 한 이모티콘이 떠올랐다. 스피커에서는 주저하는 듯이 소리가 자주 끊어졌다.

"돈은? 분명 많이 들 텐데."

"그건…"

미처 표정을 숨기지 못했다. 잠깐 주저했을 뿐인데, 할머니는 자리에서 벌떡 일어나더니, 자기 팔 하나와 다리 하나를 뜯었다. 놀라서 소리를 지를 뻔했다. 할머니는 자리에 아무렇지 않다는 듯이 서 있었지만, 미세하게 균형이 흐트러지는 것이 눈에 보였다.

"이거 팔아서 써. 이거 배터리 팩이랑 합치면 수색 비용에 보탬은 될 거야."

눈물이 나왔다. 참을 수가 없었다.

"미안하다. 은하야. 이거밖에 할머니가 해 줄 수 있는 게 없네."

할머니는 그렇게 말하고는 다시 자리에 앉아 남은 손으로 설문조사를 이어 갔다. 나는 그런 할머니를 가만히 볼 수 없어 고개를 돌려야만 했다.

랑데부

거리에는 부품상들이 줄지어 있었다. 부품상에는 휴봇 팔과 다리가 푸줏간 고기들처럼 매달려 있었다. 기이한 풍경이었다. 가게 사장들은 박수를 쳐 가며 자기네 가게로 오라고 했다. 어디 가게에서는 팔을 사면 다리를 준다고 했고, 다른 가게에서는 다리를 사면 팔을 준다고 했다. 축 늘어진 그것들을 휴봇들은 컴퓨터 부품 사듯이 손가락으로 가리키며 주인과 흥정했고, 그 자리에서 부품을 교체했다. 그 과정에서 휴봇들에게 삿대질하며 인간도 아니라는 사람들도 간혹 있었으나, 말리는 이는 없었다.

나처럼 부품을 팔려고 온 사람도 많았다. 나는 인터넷에서 후기가 가장 많은 곳을 찾아갔다. 가게는 작고 허름했으나, 값을 후하게 쳐준다고 했다. 대머리 사장이 나를 반겼다. 나는 조심스럽게 할머니의 팔과 다리를 카운터에 올려놓았다. 주인은 무게를 재고, 돋보기로 내부를 확인하더니 내게 돈을 내어 주었다. 수요가 있어 그런지 적지 않은 돈을 받을 수 있었다.

나는 아빠의 수색 비용을 송금하고서 엄마를 만나기 위해 구조대로 향했다. 무엇을 입을까 고민했지만, 기우였다. 그날도 온종일 일을 해야만 했다. 작업복을 그대로 입고 가야만 했다. 쉴 수는 없었다. 이제는 엄마까지 함께 살아야 했다. 하루하루 일당이 소중했다. 반장님이나 주임님이 아무리 나를 배려한다고 해도 한계는 분명했다. 엄마를 만나는 당일에도 나는 땀을 흘려 가며 짐을 날랐다.

퇴근을 하고 나니 몸이 만신창이였다. 땀 냄새가 심하게 났지만, 씻고 가기엔 너무 늦은 시간이었다. 나는 잠시 정류장 의자에 앉아 도시 외곽으로 향하는 버스를 기다렸다. 잠시 눈을 붙였다가 다가오는 소리에 눈을 떴다. 버스가 천천히 다가오고 있었다. 자리에서 일어나 버스를 잡았다.

버스 문이 열렸으나, 선뜻 올라타지 못했다. 운전대를 잡고 있던 운전사가 내게 물었다.

"타실 겁니까?"

얼굴 부분이 가림막에 가려져 있었다. 손부터 눈에 띄었다. 핸들을 잡은 손 부분 피부가 모조리 벗겨진 상태였다. 얼마나 아팠을까. 괜한 생각이었다. 빛에 손이 반짝였고, 곧이어 금속 재질이 드러났다. 그는 휴봇이었다. 감정이 빠르게 식었다. 그가 고개를 돌리려 했다.

"타요."

나는 버스에 올라탔다. 버스 안은 적막했다. 이렇게 늦은 시간에 도시 외곽으로 가는 사람들이었다. 그들 중에 웃는 사람은 드물었다. 다들 무표정했고, 일부는 얼굴빛이 어두웠다. 버스 내부에는 땀 냄새가 가득했다. 세상은 원래 그런 냄새를 풍기고 있다고 문득 생각이 들었다. 사람들의 옷은 해져 있었고, 몇몇은 꾸벅꾸벅 졸고 있었다. 버스는 몇 번이고 정류장에 멈췄다. 그때마다 나는 내리고 싶은 충동을 느꼈다. 손으로 억지로 다리를 눌러야 했다. 다이아몬드 비가 내리기 시작했지만, 버스는 멈추지 않았다.

구조대가 있는 정류장에 도착했다. 황량한 황무지

에 거대한 건물 하나가 우뚝 서 있었다. 아래는 엘리베이터 하나가 들어갈 정도로 좁았으나, 위로 갈수록 점차 넓어지는 특이한 구조였다. 마치 나팔을 거꾸로 세워 둔 것 같았다. 천둥이라도 치는 것처럼 건물 옥상에서는 밝은 빛이 여러 번 번쩍였다. 우주선이 날아다니며 내는 빛이었다. 이어서 귀가 먹먹해지는 소음이 들려왔다.

건물 안에서 사람들은 분주하게 움직였다. 그들은 내게 크게 관심이 없었다. 물론 휴봇들도 마찬가지였다. 나는 안내 데스크로 보이는 곳으로 걸어갔다. 그곳에서도 휴봇 하나가 바쁘게 사무처리를 하고 있었다.

"저기…"

휴봇은 나를 보더니 고개를 꾸벅 숙였다.

"네. 무엇을 도와드릴까요?"

"엄마를 찾아왔어요."

"어머님 성함이?"

"제 이름은 김은하이고요. 어머니 이름은 박희정이요. 블랙홀 스윙바이를 하시다 사건의 지평선에 갇혀 계셨어요."

휴봇은 컴퓨터에 엄마 이름을 검색하더니 자리에

서 벌떡 일어났다.

"김은하 씨. 따라오시죠. 어머니께서 기다리고 계십니다."

휴봇이 나를 향해 손짓했다. 비워진 안내 데스크가 걱정되었으나, 그 자리에는 금방 또 다른 휴봇이 날아와 그 자리를 메웠다. 나는 그를 따라 엘리베이터에 올라탔다. 엘리베이터는 빠르게 12층을 향해 올라갔다. 휴봇은 가만히 서 있기만 했다. 층수가 올라갈수록 불안감이 따라서 커졌다. 그에게 물었다.

"상태가 어떠신가요?"

그는 무뚝뚝한 기계 목소리로 대답했다.

"제 권한이 아닙니다. 의사에게 물어보시죠."

이후로 말은 없었다. 그런데 엘리베이터 문이 열리자마자 숨이 턱하고 막혔다. 한 환자가 엘리베이터를 기다리고 있었다. 끔찍한 몰골이었다. 얼굴이 창백했고, 시퍼런 핏줄을 여기저기서 내보이고 있었다. 나는 눈을 감거나, 얼굴을 손으로 가릴 생각조차 하지 못했다. 구조대원은 멍하니 있던 나를 밖으로 밀어내고 엘리베이터 안으로 달려 들어갔다. 구조대원이 무전기에 대고 말했다.

"전뇌화 수술 실패. 인체 수술이 가능한 외부 행성

에 연락 요망."

엘리베이터 문이 닫혔고, 휴봇이 나를 일으켜 세웠다. 그가 말했다.

"죄송합니다. 여기는 급박한 상황이 워낙 많아서요. 이해해 주시길 바랍니다. 혹시 어디 불편하신 곳 있나요?"

내가 고개를 젓자, 그는 나를 향해 고개를 꾸벅 숙였다. 쉽게 발이 떨어지지 않았다. 아까 본 환자의 모습이 아른거렸다.

'엄마가 저런 모습이면 어쩌지.'

내 앞서 나간 걱정처럼 휴봇은 멀찍이 앞서 걸어 나갔다. 그는 안쪽에 있는 병실 하나의 문을 열었다. 빛이 복도로 쏟아졌다. 나는 귀신에 홀린 사람처럼 천천히 그 빛을 향해 걸어갔다.

"오셨군요."

낯선 남자가 다가와 내게 말을 걸었지만, 시선이 가지는 않았다. 나는 멀리서 엄마를 보았다. 뒷모습이 었지만, 내 어린 기억 속의 모습과 하나도 달라져 있지 않았다. 엄마는 침대에 걸터앉아 있었다. 낯선 남자가 말했다.

"괜찮으신가요?"

남자를 향해 고개를 돌렸다. 남자는 의사 가운을 입고 있었으나 얼굴은 영락없는 휴봇이었다. 금속 재질의 판이 그대로 드러났다. 그는 자신을 의사라 소개하며 엄마의 상태에 관해 이야기하기 시작했다.

"사건의 지평선에 너무 오래 갇혀 있었어요. 바깥쪽에 있던 몸 부분은 괜찮았지만, 안쪽을 향하던 머리 부분에 문제가 생긴 것 같습니다. 조금이라도 늦었더라면…"

의사는 병실 안을 한 번 들여다보고는 내게 속삭이듯이 말했다.

"부분 전뇌화 수술이 불가능했을 수도 있어요."

나는 그제야 엄마를 제대로 볼 수가 있었다. 머리카락과 몸은 우리의 것과 같았지만, 엄마의 얼굴은 휴봇 그 자체였다. 얼굴 대신에 거대한 디스플레이가 있었다. 괴이한 모습에 나는 절로 얼굴이 찡그려졌다. 의사에게 물었다.

"부분이요?"

의사가 말했다.

"가족분들 동의가 없으면 부분 전뇌화 수술만 가능해요. 워낙 긴급한 상황이라 머리 부분만 수술을 진행했습니다."

침대에 걸터 앉아 있는 존재는 도저히 엄마처럼 보이지가 않았다. 휴봇도 아닌 것이, 인간도 아니었다. 눈에 쉽게 띄는 것이 길에 함께 걸어가면 휴봇 혐오자들에게 가장 먼저 표적이 될 것만 같았다.

"재수술은 안 되나요?"

"그럼 비용이…"

그는 내게 예상비용을 적어 보여 주었다. 제일 싼 부품으로 한다고 해도 도저히 감당할 수 없는 비용이었다. 더불어 만약 엄마를 BORD-119에 데려가려 한다면 반만 인간인 지금 상태가 더 나을 수도 있었다.

의사는 내 표정을 보더니 재수술에 관해서 더는 이야기를 꺼내지는 않았다. 대신 설명을 이었다. 내게 인간처럼 음식을 통해 엄마가 영양을 공급받아야 하며, 주마다 한 번씩 병원에 방문해서 기계와 몸의 접합부를 살펴야 한다고 말했다. 그러나 그런 그의 말들은 귀에 들어오지 않았다.

나는 엄마와 의사를 번갈아 보았다. 엄마는 내가 보이지 않는 것 같았다. 무엇을 상상하는지 알고 싶었다. 나를 찾았을까. 은하가 보고 싶다고 말할까. 아빠는 어디에 있는 걸까. 묻고 싶은 것이 많았으나, 의사는 자리를 피하지 않고서 좋지 못한 소식을 연이어 내게 전했다.

"그리고 발견 초기에는 말씀을 하셨는데, 이제는 말씀도 잘 안 하세요. 아마 사고 당시의 충격이 커서 그런 것 같습니다. 기억 상실 증세도 있는 걸로 보이는데, 이건 경과를 더 지켜봐야 합니다."

기억 상실이라니. 나를 제대로 알아볼까? 심장이 미칠 듯이 두근거렸다. 나는 의사에게 물었다.

"괜찮아질 수 있는 건가요?"

"우선 환자분께 기대 보는 수밖에 없어요. 다만 사고 직후라서 한동안은 꼭 절대 안정을 취하셔야 해요."

의사는 손으로 엄마의 왼뺨 쪽에 달린 작은 출력 모니터를 가리켰다. 바이탈 싸인 모니터처럼 어떤 선이 중심을 기점으로 위아래로 움직이고 있었다.

"전뇌화 수술 초기 상태라 메모리에 충격을 주어선 안 됩니다. 여기 모니터가 붉어지면 메모리 전체가 삭제될 수도 있어요. 그러니까 정말 조심하셔야 해요."

이어서 의사는 내게 홀로그램 기기를 확인해 보라 했다. 홀로그램 기기를 여니 청구서가 도착해 있었다. 의사는 내 표정을 살피더니 퇴원할 준비를 하라고 말하며 자리를 떠났다.

병실에 들어가기 직전에 선반에 놓여 있는 엄마의 소지품을 확인했다. 부서진 장비 등 대부분 버려야 할 것들이었다. 끝내 내 손에 남은 것은 용도를 알수 없는 로켓뿐이었다. 로켓의 한쪽 면은 칼처럼 무척이나 날카로웠고, 끝부분에는 천으로 보이는 무언가 걸려 있었다.

나는 로켓을 주머니에 넣고는 엄마에게 다가갔다. '엄마' 하고 부르고 싶었지만 입이 떨어지지 않았다. 오랫동안 말하지 않아 단어를 잊어버린 것만 같았다. 침대 옆에 서서 엄마를 내려다보았다. 엄마는 단발머리를 하고 있었다. 핸들을 잡고, 물건을 날랐던 손에는 굳은살이 박혀 있었고, 허리는 굽어 있었다. 축늘어진 몸과 날카롭게 뻗은 머리가 대비되어 이질감이 느껴졌다. 나는 엄마에게 조심스럽게 말을 걸었다.

"엄마, 나야. 은하."

엄마의 디스플레이에 불이 들어왔다. 기본 이모티콘이 보였다. 엄마는 아주 천천히 나를 올려다보았다. 쌓아 두었던 질문들은 한순간에 사라졌다. 나는 엄마를 와락 안았다. 보고 싶었다. 감정을 드러내지 않으려 했건만. 눈물로는 그간 내가 느꼈던 것들을 모두 표현할 수가 없었다. 그러나 엄마는 나를 안지 않았다. 엄마가 물었다.

"상훈 씨는?"

할머니의 것과 같은 무료 목소리였다. 내가 대답하지 못하고 가만히 있자, 엄마는 보채듯이 물었다.

"그럼 엄마는, 어딨어?"

혼란스러웠다. 말이 나오지 않았다. 엄마가 할머니를 그리워 했을지도 모르지만, 서운한 감정이 들었다. 나를 정말로 잊어버린 건가 싶었다. 엄마의 시점에서는 사건의 지평선에 잡혀 있는 동안 아주 짧은 시간이 흘렀다고 했다. 15년 동안 나는 늘 엄마를 생각하며 살았는데, 엄마는 왜 나를 잊어버린 걸까? 원망과 함께 터져 나오는 울음을 억지로 참았다.

"할머니는…"

휴봇이 되었다고 말하려 했다. 그러나 의사의 말이 떠올랐다.

'충격을 주어선 안 됩니다.'

사실을 말하면 엄마는 얼마나 충격을 받을까. 사랑하는 사람이 내가 없는 사이 휴봇이 되었다면 말이다. 사고가 났고 정신을 차려 보니 15년이 지나 있었다. 몸과 마음이 어지러울 것이었다. 나는 지금 당장 말하지는 않기로 했다. 시간이 조금 지난 뒤에 말해도 늦지 않을 것이다.

"지구에서 오고 있어. 일 때문에 오는 데 오래 걸릴 거야."

엄마의 눈빛에 거짓말을 이어 말해야 했다.

"1년 정도."

그 말에 엄마는 아무런 반응도 하지 않았다. 나는 엄마를 잡고 있던 손을 놓았다. 엄마는 꼭 죽은 사람 같았다.

마치 내가 얼마 전에 스스로 받아들인 엄마, 아빠의 모습처럼.

· · ·

집으로 오는 동안 엄마는 내게 말을 걸지도, 내 말에 대답하지도 않았다. 엘리베이터에서 엄마는 유리창 너머의 풍경을 보느라 정신이 없었다. 저 철로 된 가면 뒤로 어떤 생각을 하고 있을지 알 수 없었다. 병원비만 부담이 안 됐더라면 조금 더 병원에 엄마를 두고서 치료를 이어 가고 싶었다.

아무리 봐도 문제가 있었다. 엄마는 꿈을 꾸는 것 같은 이모티콘을 얼굴에 매달린 디스플레이에 띄우고 있었다. 할머니와 함께 살며 휴봇에 익숙해졌다고 생각했는데 아니었다. 무료로 제공되는 감정 이모티콘들은 의미가 너무나도 명확한 나머지, 말로는 표현하기 어려운 내밀한 감정들을 드러내지 못했다. 때론 인형처럼 보이기도 했다. 자세한 감정을 표현하기 위해서는 추가로 비용을 지불해야만 했다.

계속된 이모티콘들에 내 감정이 요동쳤다. 이상하게 변해 버린 엄마의 모습에 슬펐고, 그간 내가 엄마를 찾으면서 꿈꿨던 모습에서 어긋난 것들에는 화가 나기도 했다. 그런데 화가 난 내 모습에 화가 더욱 났다. 아이 같은 마음이 엄마에 대한 슬픔이 있던 자리를 빠르게 대체했다.

엄마가 나를 기억하지 못할 리가 없었다. 받아들일 수가 없었다. 나는 얼마나 엄마를 찾기 위해 시간을 보냈는데. 일을 하고, 할머니를 돕고, 어렵게 트럭에 올라타 엄마, 아빠를 찾아다녔다. 억울했다. 노력에 대한 최소한의 보상을 받고 싶었다. 심술이 나서 엄마에게 말을 걸지 않았다. 반가움은 금방 사라졌고, 그 자리에는 원망과 짜증이 들어찼다.

택시가 잡히지 않았다. 도시 외곽이라 오가는 차량이 없었다. 의사는 최대한 자극을 피하라 했지만 어쩔 수 없었다. 우리는 결국 버스를 타고서 집으로 가야만 했다. 엄마는 15년 전 집에서 나갔을 때와 같은 체형에 같은 옷을 입고 있었다. 달라진 것은 없었다. 엄마 얼굴을 제외하고는 말이다. 기다리는 동안 다이아몬드 비가 내렸다. 엄마는 어두운 하늘을 올려다보지 않았다. 버스 정류장에 앉아 고개를 푹 숙이고는 계속해서 디스플레이를 끄고 있었다. 동시에 몸을 떨고 있었다. 아마도 블랙홀에 갇혔을 때를 떠올리는 것 같았다.

그곳에선 과연 무슨 일이 있었을까?

"괜찮아?"

엄마는 내 물음에 대답하지 않고, 가만히 내 옆에 앉아 있을 뿐이었다. 이윽고 버스가 왔고 우리는 버스에 올라탔다. 아주 늦은 시간이라 사람은 없었다. 대신, 휴봇들이 가득했다. 모두들 피곤함을 나타내는 이모티콘을 얼굴에 띄우고 있었다. 오랫동안 관리를 해 주지 않아 곳곳에 녹이 슬었으며, 관절이 노후화되어 구부정하게 서 있었다. 그들은 화물처럼 다닥다닥 붙어 있었다.

엄마는 휴봇을 가만히 보다가 옆으로 밀어 버렸다. 나는 당황해서 그에게 죄송하다고 고개를 숙였다.

그런데 그는 내가 자신을 밀었다고 오해한 것 같았다. 그는 공중도덕도 모르냐면서, 전뇌화 수술을 받은 사람은 사람도 아니냐면서, 나를 나무라기 시작했다.

"옆에 가족 보기 부끄럽지 않아요? 같은 휴봇인데, 참."

그 말에 엄마는 어리둥절한 이모티콘을 띄우고서 나를 쳐다봤다. 무언가 설명을 바라는 것만 같았다. 다른 휴봇들이 나를 보았다. 대부분 무표정했고, 몇몇은 찡그린 이모티콘을 보였다. 나는 그들의 모습을 보자마자 더욱 고개를 숙였다. 사과는 우리가 정류장에서 내릴 때까지 계속되었다. 시선들이 내게 쏟아졌음에도 엄마는 그런 나를 보고만 있었다.

우리는 집 앞 정류장에 내렸다. 엄마는 나보다도 앞서 걸어갔다. 내게 불만이라도 표출하는 것 같았다. 엄마의 발걸음은 아주 빨랐다. 따라잡으려 해도, 따라잡을 수가 없었다. 시야에서 사라지려 했다. 그럴 수는 없었다. 이제야 가까워졌는데. 나는 엄마를 뒤따라갔다. 골목을 돌고 돌아 아래로 내려갔다. 이윽고 집에 도착했다. 엄마는 문 앞에 도착해 나를 기다렸다. 나는 엄마에게 말했다.

"왜? 문도 열지 그래?"

엄마는 어떤 이모티콘도 띄우지 않은 채로 나를 바라보고 있었다. 나는 물러나지 않았다.

"엄마가 말 안 하면, 나도 이제 안 해."

나는 문을 열고 집 안으로 들어섰다. 불을 켜자 할머니가 소파에 전원이 꺼진 상태로 앉아 있었다. 엄마는 방 안을 둘러보았다. 마치 오랫동안 이곳에 살았던 것처럼 말이다. 15년 동안 크게 달라진 것은 없었다.

할머니는 틈만 나면 안방 먼지를 쓸고 바닥을 닦았다. 전력이 아깝다고 해도, 할머니는 엄마, 아빠가 언제 돌아올지 모른다며 그랬다. 엄마는 안방에서 옷을 꺼내 들고는 화장실로 향했다. 곧이어 물소리가 들려왔다. 나는 급히 할머니를 켰다. 할머니는 전원이 들자마자 내게 물었다.

"네 엄마는?"

"씻고 있어."

"어디 아픈 데는 없고?"

"응. 그런데…"

할머니는 몸을 앞으로 숙였다. 팔과 다리가 한 짝씩 없어 균형을 잃었다. 나는 할머니는 소파에 기대어 놓았다. 모든 것을 말할 필요는 없어 보였다. 모두들 살얼음판 위를 걷고 있는 것처럼 아슬한 상황이었으니까.

"엄마도 전뇌화 수술을 받았어."

할머니는 충격을 받은 듯 이모티콘을 내보였다. 뜨악, 하고 한글로 만들어 놓은 이모티콘이었다. 할머니는 고개를 빼어 화장실 안을 기웃거렸다. 그러고는 어쩔 수 없다는 듯이 고개를 축 늘어뜨렸다. 나는 할머니에게 말했다.

"전체는 아니고, 부분이야. 재수술을 하려면 돈이…"

나는 더 말하려다가 말했다. 굳이 할머니에게 돈에 관해서 말하고 싶지 않았다. 황급히 말꼬리를 돌렸다.

"아무튼 의사가 지금은 충격을 주지 말래. 충격이 심하면 메모리 쪽에 문제가 크게 생길 수도 있대."

"그럼, 내가 이런 모습인 거는 말했어?"

할머니는 한 팔로 자기 몸 전체를 가리켰다. 앙상한 겨울 나무 같았다. 나는 고개를 저었다. 할머니는 혼자서 생각을 이어 가더니 한숨을 쉬는 듯이 등을 부풀렸다. 그러나 정작 목에서 나온 것은 매캐한 기름 냄새뿐이었다. 할머니가 말했다.

"잘했어. 앞으로 말할 생각도 하지 마."

"왜?"

"몸도 안 좋은데, 괜히 신경 쓰게 만들어서 우째. 차라리 저기 멀리 여행 가 있다고 해."

분명, 엄마에게 자기 모습을 보이기 싫어서 그런 것이었다. 나는 기름 냄새에 얼굴을 찡그리며 할머니에게 물었다.

"그러다 엄마한테 들키면 어쩌려고?"

"너만 입 다물고 있음, 그럴 일 없어."

"언젠가는 말해야 할 거 아니야?"

삐그덕거리는 소리가 들렸다. 할머니의 고개가 돌아가다 멈췄다. 고개를 세차게 저으려 했던 것 같았다. 할머니가 말했다.

"때론 말 안 하는 게 좋을 때가 있어. 네 엄마도 왔겠다. 이제 나도 좀 쉬어야지."

엄마가 실종되기 전인 15년 전만 해도 전뇌화 수술은 걸음마 단계였다. 할머니가 휴봇이 됐다는 사실에 엄마가 얼마나 충격을 받을지 가늠할 수 없었다. 지금은 적절한 시점이 아니라는 것은 알고 있었지만, 할머니의 말이 마음에 들지는 않았다. 특히나 할머니의 '쉬어야지'라는 말이 무슨 의미인지 알고 있었다. 처음 전뇌화 수술을 받았을 때 했던 약속대로 할머니는 엄마가 돌아왔으니 모든 전원을 차단하려 했다.

내가 할머니에게 뭐라 하기 직전에 화장실 문이 열렸고, 엄마가 나왔다. 엄마는 잠옷을 입고 있었다. 일을 마치고 온 사람처럼 피곤한 이모티콘을 화면에 띄우고 있었다. 할머니가 엄마에게 인사했다.

"집에 오신 걸 환영합니다."

엄마는 무표정한 이모티콘을 띄우고서 할머니를 보았다. 팔과 다리가 하나씩 없는 이상한 휴봇. 그리고 머리만 기계인 이상한 존재. 둘이 함께 있는 이 집이라는 공간에서 더는 따뜻함이 느껴지지 않았다. 할머니는 한 팔로 내 옆구리를 쿡 찔렀다. 이어서 할머니는 엄마를 안으려 했으나, 엄마는 몸을 피했다. 나는 엄마에게 말했다.

"우리 집. 가사용 로봇이야. 잘해 줘."

그러나 엄마는 곧장 안방으로 들어가 문을 닫았다. 할머니는 그 모습을 가만히 보고만 있었다. 할머니는 엄마의 방문 앞으로 다가가 노크했다. 대답은 들리지 않았다. 할머니는 일부러 더욱 로봇처럼 말했다.

"식사가 준비되었습니다."

문 너머로 어떤 소리도 들려오지 않았다. 나는 할머니를 향해 고개를 저었으나, 할머니는 멈추지 않았다. 문을 한 번 더 두들기며 말했다.

"식사가 준비되었습니다."

문이 벌컥 열렸다. 할머니의 디스플레이가 환하게 빛났다. 그러나 엄마는 나오지 않고 엄마의 손만이 보였다. 손은 곧장 할머니의 목을 잡고는 전선 하나를 뽑아 버렸다. 순식간에 일어난 일이었다. 할머니는 그대로 쓰러지고야 말았다.

나는 놀라서 할머니에게 달려갔다. 다행히 완전히 연결이 끊어진 것은 아니었다. 끝이 아슬하게 연결되어 있었다. 임시방편으로 전기테이프를 가져와 선을 연결하니, 다시 전원이 들어왔다. 안방 문이 닫히려 했다. 나는 문을 열어젖혔다. 엄마는 피곤하다는 듯 고개를 숙이고 있었다. 나는 엄마에게 말했다.

"다신 그러지 마."

엄마는 나를 슬쩍 한 번 보고는 문을 닫았다. 나는 한동안 멍하니 문을 쳐다보고만 있다가 식탁에 눈이 갔다. 밥상보가 그릇들을 덮고 있었다. 나는 밥상보를 걷어 보았다. 된장찌개가 놓여 있었다. 엄마가 가장 좋아하던 음식 중 하나였다.

· · ·

다음 날 새벽에 잠에서 깼다. 여름성다운 새벽 아

침이었다. 덜 영근 이파리처럼 방은 온통 푸르렀다. 전날, 나는 늦은 밤까지 잠들지 못했다. 온갖 생각들로 머리가 아팠다. 엄마는 왜 말을 하지 않고, 아빠는 어디에 있는 걸까? 사건의 지평선에서 무슨 일이 있었던 걸까? 모든 열쇠는 엄마에게 있었다. 방 밖으로 나갔다. 까치발을 들고서 안방 문 앞에 섰다. 눈을 감고서 문 앞에 섰다. 안방에서는 어떤 기척도 느껴지지 않았다. 숨소리조차 들리지 않았다. 문을 열까 했지만 손이 나가지 않았다.

할머니는 소파에 앉은 상태로 있었다. 나는 빠져나온 전선을 다시 연결했다. 할머니가 소리를 내며 움직였다. 나는 할머니에게 어제 있었던 일을 말해 주려 했으나, 할머니는 시간을 확인하더니 말했다.

"괜찮아. 얼마나 당황하고 혼란스럽겠어? 잠깐이었을 텐데, 눈 떠 보니 세상천지가 뒤바뀌어 있고."

할머니는 자리에서 일어났다. 한 발뿐이었지만, 균형을 잘 유지하며 조심스럽게 식탁으로 다가갔다. 가스레인지에 찌개를 올리고는 다시 끓이기 시작했다. 냄새가 났다. 배가 고팠다. 간편식품이 아니라 직접 요리한 음식은 오랜만이었다. 할머니가 말했다.

"네 엄마, 어땠었는지. 기억 잘 안 나지?"

"응. 난 그때 어렸으니까."

할머니는 고개를 뒤로 젖히고는 회상했다.

"자존심이 강했어. 개척자 자식이니까. 네 나이 때부터 화물차를 몰았는데, 그때 얼마나 멋있던지. 네 아빠도 운전하다가 만났어."

"그래? 상상이 안 되는데."

어제 모습으로 봐서는 상상이 되질 않았다. 할머니는 찌개를 숟가락으로 젖더니 습관적으로 입으로 가져가려 했다. 그러나 멈칫하고는 다시 내려놓았다. 가스레인지 불을 끄고는 식탁 위에 찌개를 다시 올려 두었다.

"둘 다 화물차 기사였어. 어느 날 화물차들끼리 충돌 사고가 났고, 그때 네 엄마가 네 아빠를 구했지. 그게 둘이 결혼한 계기였어. 자세한 건 나중에 네 엄마한테 물어봐."

나는 자석에 끌리듯이 식탁 앞에 앉았다. 밥을 크게 한 술 뜨고는 된장찌개에 적셔서 입 안에 넣었다. 맛있었다. 나는 허겁지겁 먹기 시작했다. 그간 참아 온 굶주림을 해소하듯이, 아니면 앞으로 마주할 일들을 대비하기 위해서.

할머니는 내 맞은편에 앉아 꿈을 꾸듯이 말했다.

"가끔 지구가 떠올라. 한가운데 강이 있고, 그 옆으로 숲이 있었지. 그곳에는 수많은 동물들이 살았어. 우리는 함께였지. 다 같이 한데 어우러져 살았어. 아무리 인간이 발전한다고 해도, 지구라는 커다란 공 위에서 모두가 영향을 받았어."

할머니의 이모티콘이 달라졌다. 슬픔을 나타내는 표정 03이었다.

"근데 요즘은 다들 다르게 나아가는 것 같아."

나는 한숨을 크게 내쉬었다.

"멀리 떨어져 있으니까 그렇지."

할머니가 덥석 내 손을 잡았다. 그 손은 차가웠으나, 동시에 뜨거웠다. 할머니가 말했다.

"그럴수록 더 보폭을 맞춰야 해. 만약 그때 둘이 동시에 움직이면 엇갈리거나, 부딪히기 쉽거든."

목이 메였다. 냉장고에서 물을 꺼내 마셨다. 속이 꽉 막힌 것만 같았다. 돌아보니 할머니는 자기 전원을 꺼 버린 후였다. 나는 물끄러미 할머니를 바라보았다.

우리에게는 각자의 시간 차가 있었다. 할머니와 나는 조금씩 멀어지고 있었고, 엄마와는 너무 멀어진 상태였다.

이해해 보기로 했다. 다가가기로 했다. 누군가가

움직이면, 다른 누군가는 기다려야 했다. 안방을 보았
다. 조심스럽게 다가가 말했다.

"쉬어."

대답은 들려오지 않았지만 괜찮았다. 내가 천천히
다가가면 되니까.

조우

질서 있는 것은 무질서해지고, 뜨거운 것은 식는다. 우주를 관통하는 법칙 중 하나이다.

그것을 가장 지독하게 경험한 일주일이었다. 식탁 위의 밥과 국은 뜨겁다가도 금방 식어 버렸다. 밥은 수분이 다 날아가 딱딱했다. 그럼에도 할머니는 계속해서 밥을 짓고, 국을 끓였다. 내가 하지 말라고 해도 할머니는 멈추지 않았다. 할머니의 전원이 꺼지고 나면 나는 돌처럼 굳어 버린 밥을 쓰레기통에 버렸다. 할머니는 엄마가 배고파할 것이라고 했지만, 나는 엄마가 안방에서 나오는 것을 본 적이 없었다. 아침에도, 밤에도 안방 문은 굳게 닫혀 있었다. 안에서 무얼 하는지 알 수는 없었다.

엄마가 집에 온 지 일주일째 아침에도 마찬가지였다. 일어나 굳어 버린 밥을 치우려 했다. 그런데 아주 일부였지만, 밥이 조금 사라져 있었다. 마치 쥐가 파먹은 것만 같았다. 밥알들이 흩날려 있었다. 완전 휴봇인 할머니가 먹었을 리는 없었다.

자연스럽게 집 안에 눈이 갔다. 평소와는 다르게 물건들이 어질러져 있었다. DVD 플레이어로 다가가 CD롬을 열어 보았다. <인디아나 존스 4>가 들어 있었다. 왜 하필. 1, 2도 아니고 4일까. 화면을 켜 보니 존스가 우연히 성인이 된 자기 아들을 알아보는 장면이 나오고 있었다. 존스는 아들인지 몰랐을 때는 하고 싶은 것을 하라고 했지만, 자기 아들임을 알고 나서는 화를 내며 공부를 하라고 했다. 영화 속 존스의 아들은 이중성에 화를 냈지만 나는 아니었다. 오히려 부러웠다.

'엄마도 그럴까?'

조금은 보폭을 맞춰 간다고 생각했다. 아주 느리지만 조금씩, 그러나 홀로그램 기기에 뜬 출근 알람이 내 마음을 바쁘게 했다. 나는 흐트러진 DVD들을 정리했다. 가장 상단에 놓아둔 것들은 모조리 CD 그림과 배경이 맞지 않고 틀어져 있었다. 새벽에 엄마가 돌아다닌 것 같았다. 나는 안방으로 다가갔다. 문을 두드리려다 말았다. 조금이었지만, 엄마에게 시간을 더 주고 싶었다.

. . .

일상은 바쁘게 흘러갔다. 여름성에 계절이 없어서 그럴지도 모르겠다. 온통 여름인 이곳은 늘 똑같은 풍경의 연속이다. 하늘에서는 수시로 다이아몬드 비가 내렸고, 늘 더웠다. 아지랑이가 피어올라 실제로 저 건물이 있는지, 형태는 어떤지, 얼마나 멀리 떨어져 있는지 등 어느 하나도 제대로 가늠조차 되지 않았다. 마치 모든 것이 거짓말 위에 쌓아 올린 모래성처럼 보였다.

엄마가 집에 돌아온 것도 말이다.

"다음 정류장은 여름성 물류 센터입니다."

하마터면 정류장을 지나칠 뻔했다. 허겁지겁 짐을 챙겨 내렸다. 잡생각을 흘려 보내야 했다. 걱정한다고 해서 달라지는 것은 없었다. 이제 입이 늘었으니, 더 열심히 일해야 했다. 할머니부터 BORD-119에 보내고 나서 다시 돈을 모아 엄마를 BORD-119에 보낼 생각이었다. 달력에는 빨간 동그라미 하나가 추가로 생겼다.

정문에 도착했는데, 문이 닫혀 있었다. 문을 몇 번이나 흔들어 보았지만, 열리지 않았다. 옆에 서 있던 경비 휴봇에게 다가갔다. 경비 휴봇은 나를 향해 꾸벅 인사를 했다.

"오늘 무슨 일 있어요? 문이 왜 안 열려요?"

"13번 하역장에서 어젯밤 폭발 사고가 있었습니다. 그래서 지금 폐쇄된 상태입니다."

"폭발 사고요?"

경비 휴봇이 홀로그램을 하나 띄웠다. 사고 현장이 적나라하게 드러났다. 경비 휴봇이 설명을 이어 갔다.

"휴봇 하나가 트럭에 몰래 타서 불법 출국을 시도했습니다. 그런데 배터리가 오래돼서 그런지 화물차가 이륙하는 시점에 폭발했습니다."

영상에서는 화물차 하나가 불에 탄 듯 거뭇거뭇한 재를 뒤집어쓴 채, 찌그러진 상태로 창고에 박혀 있었다. 나는 조심스럽게 물었다.

"휴봇들 목적지는 어디였어요?"

경비 휴봇은 그런 걸 왜 묻느냐는 식으로 나를 한

번 노려 보고는 대답했다.

"성운 BORD-119 입니다."

숨이 턱하고 막히는 것만 같았다. 홀로그램을 켜보니 관련된 문자 한 통이 와 있었다. 진상 조사를 위해 5일 동안 물류 센터를 폐쇄한다는 내용이었다. 5일 일당을 받지 못한다는 사실에 짜증이 났다. 달력의 빨간 동그라미를 더 뒤로 넘겨야만 했다. 그때 익숙한 모습의 사람이 나처럼 문을 흔들었다. 나는 그에게 다가가 인사했다.

"오랜만이네."

형태는 캡 모자를 쓰고 있었다. 그림자가 얼굴을 반 이상 가리고 있었지만, 한눈에 알아볼 수 있었다. 나는 형태의 손목을 가리켰다. 그러자 형태는 손목에 매달린 홀로그램 기기를 켜고는 문자를 확인한 뒤 당황한 표정을 지었다. 나도 저런 표정을 지었을까 싶었다. 형태 옆으로 다가가 말했다.

"어떻게 하지."

"그러게."

형태와 함께 닫힌 문을 바라보았다. 형태가 얼굴에 줄줄 흐르는 땀을 닦아내며 말했다.

"일단, 어디든 들어가자."

우리는 근처 카페로 자리를 옮겼다. 카페 안은 사람들로 가득했다. 휴봇들과 사람들이 한데 섞여 있었다. 음료값은 얼마 하지 않았으나, 자릿값은 상당했다. 휴봇들은 따로 음료를 먹지 않기 때문인 것 같았다. 형태는 가게 사장에게 직원증을 보였다. 그러자 물 한 잔이 무료라 했다. 다행이었다.

그제야 마음이 놓였다. 제대로 에어컨 바람을 즐길 수가 있었다. 형태는 땀을 닦아 내고는 열기 가득한 숨을 뱉어 냈다. 곧이어 얼음이 가득 찬 물 한 잔이 나왔다. 물방울이 컵 주변에 맺혀 있었다. 몸이 늘어지는 것만 같았다. 강제로 생긴 휴무이긴 했지만 마냥 싫지만은 않았다. 말소리가 여기저기서 들려왔으나, 우리 테이블은 조용했다. 다른 사람들과 함께 있을 때는 어떤 이야기를 해야 할 것만 같은 압박이 느껴졌는데, 이상하게 형태와 함께 있으면 그런 압박감이 느껴지지 않았다. 형태가 나를 빤히 쳐다보다가 말했다.

"사실 너 옛날부터 알고 있었어."

"응? 어떻게?"

"여름중학교 3학년 2반."

내가 속했던 반이었다. 나는 눈을 크게 떴다.

"너 스토커야?"

형태는 웃으며 손을 흔들었다. 나도 진심으로 한 말은 아니었다. 형태가 기억을 더듬으며 말을 이었다.

"내가 고등학교에 안 간다고 했을 때, 선생님이 학교에 똑같이 고등학교에 안 가겠다고 한 사람이 한 명 더 있다고 했어. 궁금했어. 대체 누구인지."

형태는 조금 주저하며 말을 이었다.

"무슨 일… 때문에 학교를 안 가는지도."

"그래서 알아냈어?"

"아니. 그때는 사정이 있을 거라고만 생각했어. 그러다가 공원에서 널 만나고 대충이지만 사정을 알게 됐고."

나는 반사적으로 고개를 숙였다. 할머니의 모습을 형태에게 들킨 것이 아직까지도 부끄러웠다. 형태가 말했다.

"근데 그것만으로도 도움이 많이 됐어."

"어떤 면에서?"

형태는 고개를 뒤로 젖혔다. 목을 타고서 땀이 흘렀다. 젖은 머리가 에어컨 바람에 흔들리고 있었다. 형태가 말했다.

"나와 비슷한 사람이 어딘가에 있다는 게. 어쩌면 혼자가 아닐 수도 있다는 그런…"

형태가 미처 말을 마치기도 전에 나는 얼음물을 입에 쏟아 넣었다. 얼음으로 볼이 빵빵해졌다. 말을 억눌렀다. 뜨거운 것이 튀어나올 것만 같았다. 형태는 내 모습을 보고는 웃었다. 얼굴이 붉어지는 것이 느껴졌다. 형태는 주머니에서 무언가를 꺼냈다. 영화표 두 장이었다. 형태가 말했다.

"같이 영화 보러 갈래?"

· · ·

형태가 제일 좋아하는 영화가 최근 재상영을 한다고 했다. 영화관에 아주 오랜만에 갔다. 점원은 우리에게 8관으로 가라고 했다. 상영 시간은 딱히 정해지지 않았다. 8관에 도착하니 자리는 듬성듬성 차 있었다. 자리는 한쪽 벽을 향해 나 있었지만, 스크린은 없었다. 우리는 구석에 자리를 잡았다. 각자 자리에는 얼굴의 반을 뒤덮는 VR 기기만이 있었다. 기기를 머리에 썼다.

그러자 어딘가로 빨려 들어가는 듯한 느낌이 들었다. 어지러웠다. 블랙홀 스윙바이를 하는 것만 같았다. 정신을 차려 보니 우리는 외딴 행성에 있었다. 우리 행성에서 1만 광년이나 떨어진 글리젠 HL 100 행성 상공이었다. 대기가 매우 짙어 항성 빛이 아래로 들지 않았으나, 지상에는 푸른 빛들로 가득했다. 식물들이 뿜어내는 빛이었다.

이 식물들은 마치 파충류의 피부처럼 끈적거리는 액체로 뒤덮여 있었는데, 발광 박테리아가 그 액체들을 소화하고는 빛을 내어 꽃가루를 나르는 동물들을 유혹했다.

꽝음과 함께 하늘에서 우주선 한 대가 불시착하더니, 잔해 속에서 사람이 기어 나왔다. 주인공이었다. 주인공은 파손된 자기 우주선을 보고는 곧장 이 절망적인 행성을 벗어나기 위해 노력했다.

얼마간 영화를 보다가 눈을 감아 버렸다. 주인공은 어떻게든 이겨 낼 것이다. 어떤 시련이 닥치든 말이다. 쏟아진 적들의 총알은 주인공을 교묘히 피해 갔고, 절벽에서 떨어져도 주인공은 살아남았다.

'현실은 그렇지 않아.'

지구 시대극 취향이라 오늘날 영화는 거들떠도 보지 않았다. 오늘날 영화는 너무나도 현실적이었다. 기기를 착용하면 시공간을 마치 이동한 것처럼 사방이 바뀌었다. 더는 관객이 없었다. 우리는 그 세계의 일부가 되어 주인공을 따라다닐 수 있었지만, 반대로 완전히 다른 쪽으로 시선을 돌릴 수도 있었다. 영화보다는 테마파크에 가까웠다.

당장이라도 VR 기기를 벗고 싶었으나, 형태에게 피해를 주고 싶지는 않았다. 영화가 끝난 후 형태는 영화에 대해서 이야기하기 시작했다. 줄거리부터 미장센까지. 형태는 크게 영화에 감명을 받은 것 같았다. 이야기를 늘어놓던 형태가 대뜸 내게 말했다.

"우리도 탈출하는 거야."

"어디를?"

형태는 두 손을 펼치며 말했다.

"여기, 이 행성. 아까 그 주인공처럼 말이야."

나는 형태의 손을 따라 하늘을 올려다보았다. 에메랄드빛 하늘이었다. 보석을 하늘에다 알알이 박아 놓은 것 같았다. 아주 가끔 날이 좋을 때 보이는 풍경이었다. 형태에게 물었다.

"어디로 가고 싶은데?"

형태가 말했다.

"지구."

"왜?"

"꼭 지구에 가서 내 영화를 찍고 싶어. 내가 생각하는 모든 장면들을 카메라에 담을 거야."

형태의 얼굴에는 묘한 빛이 뿜어져 나오고 있었다. 생기가 넘쳐흘러서 주위를 푸르게 하는 것 같았다. 그러나 되려 그 푸른빛은 나를 어둡게 했다. 내 그림자는 점점 짙어졌다. 형태에게는 꿈이 있었지만, 내게는 없었다. 분명 같은 하루를 보내고 있음에도, 보고 있는 것이 서로 달랐다.

거대한 벽을 느꼈다. 나와 형태 사이에 놓인 이 거대한 벽은 그간 내가 형태에게 느꼈던 감정들마저 내가 원해서 그린 낙서 정도라는 것을 깨닫게 했다. 나는 자리에서 일어나 말했다.

"나, 이제 집에 갈게."

형태는 뭔가 내게 더 말하려 했지만, 나는 빠르게 자리를 피했다. 혹시나 따라올까 봐 집으로 가는 방향의 버스도 아닌데, 그냥 올라탔다. 모든 것에서 도망치고 싶었다. 할머니도, 엄마도 그리고 나에게서도.

마찰

어렸을 때부터 항성 주변을 공전하는 행성처럼 중심점에 다가가지 못했다. 본능적으로 다른 사람과는 거리를 두려 했다. 친구들이 보내는 위로의 시선을 견디기가 어려웠다. 모두들 좋은 마음으로 건넸던 것일 텐데, 나는 오히려 나를 업신여기는 듯한 자격지심을 느꼈다.

되도록 학교에 가지 않으려 했다. 그래서 남들은 살면서 적어도 한 번씩은 가 봤다던 수학 여행도 가보지 못했다. 거기서부터 시작이었다. 아이들은 우주에서 바라본 여름성 이야기를 자주 했다. 그곳에서 찍은 사진이나 기념품을 보이며 여름성에 관해 이야기했다. 그러나 나는 그들과 이야기할 공감대가 없었다. 할머니는 일을 하느라 바빴고, 여행을 함께 갈 엄마, 아빠가 내게는 없었다.

형태가 보이지 않는 것을 확인하자마자 버스에서 내렸다. 집과는 반대 방향이라 거리가 멀었으나, 집까지 걸어가기로 했다. 버스비라도 아껴야 했다. 형태의 연락을 애써 무시했다. 형태에게는 미안했지만 혼자만의 시간이 필요했다. 집에 도착하니 땀이 비 오듯 쏟아지고 있었다. 문을 여니 할머니가 움직이고 있었다. 할머니는 나를 가만히 보다가 말을 꺼냈다.

"왜 이리 땀에 젖었어?"

할머니도 이제 내가 학교에 다니지 않는 것을 아는 모양이었다. 내게 뭐라 하기보다 할머니는 안쓰러운 시선만 내게 보낼 뿐이었다. 나는 할머니의 물음에 답하려다가 할머니 몸을 보고 입을 다시 다물었다. 수색 비용에 보태라며 할머니가 얼마 전 뽑아 줬던 팔과 다리 부분에 다른 것들이 매달려 있었다. 나무로 된 팔과 다리였다. 침대에 쓰인 나무 프레임을 활용해 만든 것 같았다. 옛날 해적 선장이 착용했을 만한 나무 다리 같아 보이기도 했다. 나는 할머니에게 물었다.

"팔, 다리는 어떻게 된 거야?"

할머니는 자기 나무 팔과 다리를 한 번씩 번갈아 보더니 웃는 이모티콘을 띄우며 말했다.

"깨 보니까. 달려 있더라고. 아마도 니네 엄마가."

안방 쪽을 살피며 손을 모으고서 내게 말했다.

"몰래 달아 놓은 것 같더라."

할머니는 기분이 좋은지, 연속해서 웃음소리를 냈다. 엄마가 조금 마음을 연 것인가 싶었다. 할머니가 내게 물었다.

"이제 물어봐도 되지 않으려나?"

"뭘?"

"네 아빠에 대해서."

할머니는 내 표정을 보더니 허겁지겁 손을 내저으며 이야기에 살을 덧붙였다.

"조금씩 정상으로 돌아오는 것 같기도 하고, 그러니까. 네 아빠 찾는 데 돈도 많이 드는데, 너 혼자 어떻게 그걸 다 감당하겠니. 네 엄마한테 물어봐서 조금이라도 빨리 찾아야지."

"그게…"

안방 문은 여전히 굳게 닫혀 있었다. 아직까지 명확히 판단이 서지 않았다.

"얼른 가서…"

할머니는 그대로 멈췄다. 배터리가 다 한 것 같았다. 나는 할머니를 소파에 앉히지 않고서 곧장 화장실로 도망치듯이 달아났다. 옷을 모조리 벗어 놓고는 물을 틀었다. 찬물이 몸 전체를 감쌌다. 물은 항성 빛에 뜨겁게 달아오른 머리를 타고 아래로 내려갔다. 복잡한 생각들이 조금은 풀리는 것 같았다. 물은 배수구로 몰려서 소용돌이쳤다.

답은 한 가지였다. 얼마나 고통스럽더라도, 어떤 대답이 기다리고 있다 하더라도 물어야 했다. 그리고 마주해야 했다. 모아 놓은 돈도 빠르게 줄어들고 있었다. 둘이서 사는 것과 셋이서 사는 것은 차원이 달랐다. 거기다 나가야 할 비용도 상당했다. 욕심일지도 모르지만, 엄마도 돈을 벌었으면 했다. 그때 홀로그램 기기가 켜지더니 문자가 여럿 왔다.

'김상훈 씨 추가 구조 비용 송금 요망. 계좌 번호…'

'박희정 님 병원 방문 날짜 알려드립니다…'

'계좌에 잔액이 부족하여 결제가 취소되었습니다…'

다리에 힘이 풀렸다. 그만 하고 싶었다. 혼자서 이겨 낼 수는 없을 지경이었다. 물을 좀 맞으면서 머리를 식히려고 했지만, 그만두었다. 물도 전부 돈이었다. 이제는 막다른 곳에 다다랐다. 샤워를 마치자마자 홀로그램 장치를 켰다. 연락해야 할 사람이 있었다.

· · ·

과거에 도움을 받았다. 엄마, 아빠가 사라졌다는 소식은 학교에만 퍼지지 않았다. 어른들은 내게 안쓰러운 시선과 함께 최대한 도움을 주려 했다. 그중 엄마 친구인 진이 아주머니는 휴봇이었지만, 헌신적이라 말할 수 있을 정도로 나를 도왔다. 할머니가 일을 하러 나간 사이 집에는 아무도 없었다. 혼자 있는 시간이 대부분이었지만, 진이 아주머니가 주기적으로 찾아와 주었다. 아주머니는 내게 먹을 것을 챙겨 주거나, 책을 읽어 주기도 했다. 함께 DVD를 보면서 시간을 보내기도 했다. 엄마, 아빠가 실종된 후로 내게 남은 몇 안 되는 좋은 기억이었다. 아주머니는 나를 앉혀 놓고는 밥을 먹이며 엄마 이야기를 종종 해 주었다.

아주머니도 엄마처럼 개척자의 자식이었다. 그만큼 힘들게 살아왔다. 개척자들만큼은 아니지만, 그들도 이른 나이에 생업에 뛰어들어야 했다. 여름성의 더운 날씨와 내리는 다이아몬드 비 속에서 부지런하지 않고는 살아남을 수가 없었다. 그러다 다른 사람들처럼 건강에 문제가 생겨 휴봇이 되었다. 아주머니는 엄마를 이렇게 기억했다.

"완전 말괄량이였어. 여름성에서 누구도 너희 엄마를 막을 사람이 없었지. 심지어 너희 할머니도. 과연 결혼을 할 수 있을까 싶었는데, 어느 날 네 아빠를 데리고 왔어. 아주 수더분한 사람이었어. 멜빵 바지에 머리도 덥수룩하고, 그래도 전체적으로 인상이 좋았어. 너희 할머니가 결혼을 반대했는데도, 네 엄마는 굽히지 않았어. 오히려 더 대담하게 우주로 나가서 결혼식을 치렀어. 그때는 참…"

나는 그때 들었던 엄마의 이야기로 엄마를 기억할 수 있었다. 아주머니의 이야기를 듣다 보면 마치 엄마와 오랫동안 함께 살아온 것만 같았다. 아마 조금만 더 아주머니가 내 곁에 있었더라면 나는 지금과는 다른 사람이 되었을지도 모른다.

아주머니는 내가 여덟 살이 되었을 무렵에 여름성을 떠났다. 새로운 꿈을 위해서라 했다. 나는 아주머니에게 가지 말라면서 매달렸다. 엄마를 한 번 더 잃는 것만 같았다. 아주머니는 나를 꼭 안고 말했다.

"은하야. 저 밖에는 더 넓은 세계가 있어. 인간들은 조그만 점에서 이제 벗어나 저 멀리 뻗어 나가고 있어. 그런 가운데 너와 내가 만난 건 기적이야. 그러니까 아주머니랑 같이 갈래?"

아주머니는 꿈꿔 왔던 개척 프로젝트에 지원했다. 우주의 끝을 향해 나아가는 엄청난 프로젝트였다. 수십만 명의 사람들을 행성만 한 거대한 우주선에 태우고서 엄청난 속도로, 우선 GLEN2282 항성으로 날아가게 될 것이었다. 시간이 얼마나 걸릴지 몰랐다. 어쩌면 내 삶이 다할 때까지 돌아오지 못할 수도 있었다.

내게 아주머니를 말릴 권리는 없었다. 나는 아주머니의 자식이 아니었다. 나는 고개를 저었다. 내게는 찾아야 할 엄마, 아빠가 있었다. 그렇게 아주머니를 보냈고, 아주머니는 내게 연락처를 남겼지만, 오히려 나는 번호를 차단해 버렸다.

솔직히 말해서 도망치는 것이 아니냐고 아주머니에게 묻고 싶었다. 휴봇들을 멸시하고, 혐오하는 이곳을 혼자만 벗어나 새로운 쉼터를 찾으러 가는 것이 아닐까 싶었다. 그 같은 반발심 때문에 아주머니가 떠난 이후로 연락한 적은 없었다. 다시는 만나지 않으리라는 것을 알았다.

그러나 지금은 아주머니의 도움이 필요했다.

홀로그램에 뜬 아주머니의 전화번호를 물끄러미 보았다. 10년 만이었다. 전화번호를 삭제할까도 고민했었다. 언젠가는 받아들여야 했다. 엄마, 아빠는 이제 없고, 아주머니는 떠났다는 사실을. 전화번호가 바뀌지는 않았을까 싶었다. 전화를 걸었다. 다행히 신호음이 갔다. 초조했다. 이상한 목소리가 들릴 것만 같았다. 이런 생각이 들기 전에 익숙한 목소리가 나를 반겼다.

"여보세요?"

입이 잘 떨어지지 않았다. 아주머니의 목소리였다. 오랜만이었으나, 변한 것은 없었다. 나는 무슨 말을 해야 할지 갈피를 잡지 못했다. 아주머니가 한 번 더 물었다.

"누구신가요?"

"저, 은하예요."

말은 총알처럼 튀어나왔다. 방아쇠에 손가락을 미리 올려 둔 것처럼 말이다. 눈을 감았다. 뭐라 말할까? 오랫동안 왜 연락하지 않았다며 날 힐난할까? 나를 잊었을지도 모르겠다. 10년이 넘는 세월은 절대 짧지 않으니까. 아주머니가 말했다.

"은하? 여름성 은하 맞지?"

"네, 맞아요. 저, 은하 맞아요."

나는 아주머니가 눈앞에 있는 것처럼 고개를 끄덕였다. 아주머니의 목소리 톤이 높아졌다. 선물을 받은 아이 같았다.

"잘 지냈어? 아니다. 잠깐만."

우당탕탕하는 소리가 들리더니, 홀로그램에 아주머니가 보였다. 10년 전과 비교해서 달라진 것이 거의 없었다. 휴봇이라 그런가 보았다. 다만, 머리카락만은 정비공으로 일한 전과 달리 허리춤에 올 정도로 길었다. 그걸 제외하고는 화면에 보이는 이는 영락없이 진이 아주머니였다. 아주머니는 고개를 빼고는 나를 살폈다. 눈물이 나왔다. 아주머니도 떨리는 목소리로 물었다.

"어떻게 지냈어… 다 자랐네…"

아주머니는 말을 쉽게 잇지 못했다. 나는 눈물을 애써 삼키고는 대답했다.

"잘 지냈어요. 아주머니 덕분에…"

"아냐. 너 여름성에 두고 얼마나 힘들었는데. 미안해. 아주머니가 은하 혼자 두고 와서."

고개를 저었다. 남은 것은 내 선택이었고, 그 덕에 엄마를 만날 수 있었다.

"괜찮아요. 거기는 어때요?"

"날마다 새로움의 연속이야. 여기 사람들은 매일 같은 풍경이라 하지만, 내 눈에는 달라. 쌍성은 물론이고, 세 개의 항성이 동시에 도는 것도 봤어. 궤도가 정말 신기하더라."

아주머니는 신나서 모험담을 이야기했다. 한눈에 보아도 행복해 보였다. 그러나 나는 아주머니에게 여러 소식들을 전해야 했다. 조심스럽게 운을 뗐다.

"엄마… 찾았어요."

아주머니는 환하게 웃는 이모티콘을 보이더니 박수를 쳤다. 아주머니가 말했다.

"그래? 지금 어딨어? 잘 됐다! 몸은 어때?"

질문이 쏟아졌다. 나는 수풀을 헤치듯이 무수한 질문들을 뚫고서 내 이야기를 했다.

"몸은 괜찮으세요. 그런데."

나는 아주머니에게 엄마의 상태에 대해 말했다. 엄마가 전뇌화 수술을 받았다는 소식을 듣자마자 아주머니의 디스플레이에는 표정이 굳은 이모티콘이 튀어나왔다. 그러다 아주머니는 다시 울먹이는 이모티콘을 보이기 시작했다. 감정의 전위가 순간에 떨어졌다 올랐다가를 반복했다.

"아직 현실을 받아들이지 못하는 것 같아요."

진이 아주머니에게 고심 끝에 말을 꺼내 놓기 시작했다. 내가 할 수 있는 최선이었다. 나는 의사의 의견과 함께 아주머니에게 어렵게 말을 꺼내 놓았다.

"그래서 부탁이 있는데요."

· · ·

'이걸로 두 달은 버틸 수 있겠어.'

숫자가 찍힌 계좌를 보고는 마음이 놓였다. 진이 아주머니는 돈을 빌려 달라는 내 부탁을 듣고서 한동안 말이 없었다. 반가웠던 분위기에 찬물이라도 끼얹은 것만 같았다. 아주머니는 잠시 침묵하다가 지금 자신도 어려운 상황이라 했다. 그 말에 전화를 끊고 싶은 충동이 일었다. 다시 한번 간절하게 부탁했다. 아빠를 찾아야 하고, 엄마도 치료해야 한다고. 그러자 아주머니는 부탁한 돈의 일부를 내게 보냈다. 나는 고마움에 고개를 조아렸으나, 한편으로는 빨리 전화를 끊고 싶은 충동을 느끼기도 했다.

다행히 조금은 숨통이 트였다. 내 두 달 치 봉급에

해당하는 돈이었다. 아주머니가 어렵게 모아 둔 돈이라는 것을 알았지만, 달리 부탁할 곳이 없었다. 이 돈이면 생활비는 물론, 아빠의 구조 비용도 일부 낼 수 있었다. 그러나 다른 금전적 문제가 완전히 해결된 것은 아니었다.

엄마의 도움이 필요했다. 엄마가 사고에 대해 이야기를 해 준다면 아빠를 찾기가 훨씬 수월할 것이었다. 나는 마음을 굳게 먹고서 안방 문을 두드렸다. 그러나 반응이 없었다.

"엄마, 나 들어가도 돼?"

반응이 없었다. 나는 조심스럽게 문을 열었다. 문고리는 아무런 저항 없이 돌아갔다. 안방에 고개를 들이밀었는데, 뭔가 이상했다. 방 어디에도 엄마가 없었다.

중력 가속도

가까스로 잡은 손을 놓쳐 버린 것만 같았다. 집 주변을 돌아다녔지만, 엄마가 보이지 않았다. 할머니를 깨우고 싶었지만 그러지 않았다. 손이 하나라도 더 필요했지만, 걱정시키고 싶지 않았고, 도움이 될지 의문이었다. 한참을 고민한 끝에 경찰서에 갔다.

경찰서에는 경찰복을 입은 휴봇 하나가 서 있었고, 뒤로 인간 경찰관이 졸고 있었다. 대신, 휴봇 경찰관이 내게 물었다.

"무엇을 도와드릴까요?"

"엄마가 사라졌어요."

경찰관은 잠시 나를 보다가 말했다.

"언제 사라지셨나요?"

"몇 시간 전에요."

그는 일말의 주저함도 없이 말했다.

"그럼, 집에서 기다려 보세요."

"엄마가 사라졌다니까요."

그러자 그가 한 번 더 물었다.

"혹시 휴봇이신가요?"

나는 가만히 그를 쳐다보다가 뒤편을 바라보았다. 인간 경찰관은 잠에서 깰 기미를 보이지 않았다. 휴봇 경찰관이 말했다.

"원칙적으로 휴봇의 경우에는 실종 72시간 후에 조사가 들어갑니다."

항의를 하려다 말았다. 아무리 소리쳐도 원칙, 규칙을 말하며 내 말을 들어주지 않을 것이 분명했다.

경찰서에서 나와 발이 부르트도록 돌아다녔다. 뒷골목에도, 버스 정류장에도, 심지어는 휴봇 부품상에까지. 갑자기 두통이 몰려왔다. 그 자리에 주저앉았다. 세상이 도는 것 같았다. 엄마는 어디에도 보이지 않았다. 울음이 목구멍까지 차올랐다.

경보가 울렸다. 다이아몬드 비가 내리려 했다. 하

늙은 소리를 내며 비를 쏟아낼 준비를 했다. 조금이라도 빨리 엄마를 찾아야 했다. 도움이 필요했다. 전화를 걸려고 했지만, 홀로그램 기기를 집에 두고 온 것이 떠올랐다. 길을 걷다 보니 공중전화 한 대가 보였다. 곧장 달려가서는 홀로그램을 띄웠다. 누구에게 전화를 걸어야 할까 싶었다. 번호 하나가 떠올랐다. 잠시 주저하다가 번호를 입력했다.

"여보세요?"

입이 쉽게 떨어지지 않았다.

"어, 형태야. 나야."

형태는 당황한 듯 말을 하지 않았다. 낮에 있었던 일 때문인가 싶었다. 하지만 설명할 시간이 없었다. 나는 다급한 목소리로 말을 이었다.

"다른 게 아니라 나 좀 데리러 와 줄 수 있어?"

잠시간 침묵이 이어졌으나, 형태는 바로 내 위치를 묻고는 거기서 잠깐만 기다리라 했다. 얼마 지나지 않아 차 한 대가 공중전화 부스 앞에 도착했다. 아주 오래된 자동차였다. 창이 열리고 형태가 내게 외쳤다.

"얼른 타!"

나는 허겁지겁 차에 올라탔다. 내부는 초라했다. 가죽 시트는 거의 찢어져 있었고, 안전벨트 부분도 녹이 슬어 있었다. 형태는 부끄러운지 얼굴을 붉히더니 서둘러 차 안을 정리하며 말했다.

"할아버지 차야. 나도 진짜 오랜만에 운전해서…"

사실, 어질러진 것은 눈에 띄지 않았다. 나는 형태의 눈에 시선을 맞추며 말했다.

"고마워. 정말."

형태는 고개를 끄덕였다. 주변이 어둑해지고 있었고, 비가 세차게 차를 내리치고 있었다. 집중하지 않으면 형태와 대화도 제대로 되지 않을 정도였다. 더군다나 길이 통제되는 바람에 차를 움직일 수가 없었다. 마음이 타들어 갔다. 어둠 속에서 엄마가 어디서 어떻게 있을지 알 수 없었다. 어쩔 수 없이 비가 그치기를 기다려야 했다. 그 사이에 형태가 물었다.

"혹시 무슨 일인지 말해 줄 수 있어?"

이제 숨길 이유가 없었다. 적어도 이렇게까지 나를 도와준 사람 앞에서는 모든 것을 말해야 했다.

엄마, 아빠가 실종된 것부터 엄마의 이상 행동까지. 내가 모든 상황을 설명하는 동안 형태는 가만히 듣고 있기만 했다. 말을 마치자마자 형태는 내게 손을 내밀었다. 달리 다른 말은 하지 않았다. 나를 이해한다거나, 고생했다거나, 혹은 앞으로 잘 풀릴 것이라는 그 흔한 말조차도. 나는 말없이 형태의 손을 잡았다. 형태가 말했다.

"일단 둘러보자."

비가 어느 정도 그치자, 통제도 풀렸다. 우리는 차를 몰고서 일단 거리를 돌아다니기로 했다. 그러나 거리에 사람은 없었다. 밤인 데다, 비까지 쏟아져 가게 문도 모두 닫혀 있었다. 자동차 천장을 뚫을 듯이 몰아치는 그런 다이아몬드 비를 정면으로 맞았다가는 휴봇들도 부품이 남아나질 않을 것이었다. 이런 상황에서 엄마는 어디로 간 걸까? 아마도 15년 전과 비교해서 달라지지 않은 곳일 테다. 잠시 생각을 이어 가던 나는 형태에게 말했다.

"물류 센터로 가자."

엄마라면, 엄마에게 가장 익숙한 곳으로 갔을 것이다. 어딜 가려고 하는 걸까? 차는 빠르게 물류 센터를 향해 내달렸다.

· · ·

물류 센터 문은 열려 있지 않았다. 정전이라도 난 것처럼 고요했다. 형태가 말했다.

"아무도 없는 것 같아."

그러나 나는 물류 센터 안에 엄마가 있을 것 같다는 생각을 지울 수가 없었다. 발걸음이 그쪽으로 향했다. 아무리 생각해도 엄마가 갈 만한 곳은 물류 센터뿐이었다. 형태에게 말했다.

"들어가서 살펴만 보자."

"아까 봤잖아. 폭발 사고로 폐쇄됐다고."

차가 정문 근처까지 갔는데도 아무런 응답이 없는 것을 보니 출입이 금지된 것 같았다. 나는 자동차 안에 있던 무전기를 잡아 들고는 긴급 채널로 주파수를 맞췄다. 형태가 나를 말렸다.

"뭐 하려고?"

나는 형태를 밀어내고 무전기를 켜서 말했다.

"물류 센터 경비팀인가요?"

무전기는 다이아몬드 비 때문에 전파 방해를 받아 그런지 심하게 끊겨서 들렸다.

"네, 맞습니다. 누구시죠?"

나는 차 앞 유리에 직원 카드를 보이며 말했다.

"화물 적재팀 김은하입니다. 반장님께서 화물차 한 대에 물건을 잘못 실었다고 하셔서요. 물건만 살짝 다른 곳에 옮기겠습니다."

"지금은 출입할 수 없습니다."

"그게, 폭발 위험이 있는 물질이라서요. 냉동 탑차로 옮기지 않으면 폭발 사고가 벌어질 수도 있어요."

"원칙은…"

나는 물러나지 않았다. 무전기를 거칠게 잡아 쥐고는 말을 이었다.

"우리는 말했어요. 이번에 휴봇이 트럭에 탔다가 폭발한 사고 있었죠? 자, 센터 내로 들여보내 주지 않은 쪽은 경비팀이에요. 정확하게 기록하세요. 알겠죠? 사고가 일어나도 적재팀에는 아무런 책임이 없다고요."

침묵이 이어졌다. 무전기를 완전히 끄고는 잠시 기다렸다. 형태가 고개를 저었다.

"이건 아닌 것 같은데."

"두고 봐."

정문이 천천히 열렸다. 나는 환호성을 내질렀다. 일이 더욱 크게 번진다면 해고를 당할 수도 있었지만, 그것보다 엄마를 찾는 게 우선이었다. 차는 빠르게 센터 안으로 미끄러져 갔다.

폭발 사고가 있었던 적재 창고 부근에는 그을린 듯한 자국이 있었다. 신형 화물차들은 주차장에 즐비해 있었다. 우리는 차를 아무렇게나 대놓고는 비

를 피하기 위해 화물 운송용 슈트를 입고서 돌아다
니기로 했다.

형태는 직원 카드로 화물차들을 하나하나 열며 확
인했다. 그러나 어디에도 엄마는 없었다. 하나하나 확
인하기에는 차들이 너무나도 많았다. 거기다 이 넓은
물류 센터 전부를 확인할 수는 없었다. 시간이 무한
한 것도 아니었다. 시간을 끌다가 자칫 거짓말이 들
통나면 형태와 나 둘 모두 해고당할 수도 있었다. 형
태가 말했다.

"어머니, 옛날에 여기서 일하셨다고 했지?"

"응."

"그때, 어떤 일 하셨어?"

"그야, 화물차 기사…"

고개를 돌렸다. 불이 들어오는 곳이 있었다. 나는
그곳을 향해 달려갔다. 형태가 물었다.

"어디 가?"

발걸음은 빠르게 한 곳으로 향했다. 구형 화물차
창고였다. 부품이 망가지거나 연식이 오래되어 폐기
될 화물차들을 모아 두는 곳이었다. 엄마가 운행했던
화물차 기종들이었다. 엄마라면, 만약 엄마가 어딘가
로 가려고 했다면, 분명 자기가 탔던 화물차를 이용해

나가려고 했을 것이다. 그때 화물차 하나에 불이 들어왔다. 시동 거는 소리도 들렸다. 안을 들여다보니 엄마가 운전석에 타고 있었다. 엄마는 화물차를 운전하려 했다. 나는 화물차 문고리를 잡아 챘으나, 문은 열리지 않았다. 문을 두들기며 말했다.

"엄마! 문 좀 열어 봐!"

화물차에 시동이 걸렸고, 서서히 움직이기 시작했다. 오랫동안 움직이지 않아서 쇠가 갈리는 것 같은 소리가 들렸다. 마음 같아서는 화물차에 매달리려 했으나, 힘이 부족했다. 엄마가 어디로 가려 하는지 알고 싶었다. 화물차는 나를 두고서 서서히 나아가기 시작했다. 나는 외쳤다.

"갈 거면 나도 데려가!"

온 힘을 다했다. 예전부터 꼭 하고 싶었던 말이었다. 엄마와 아빠를 사고 당일 내가 붙잡았더라면, 혹은 차라리 같이 갔더라면, 이런 상황까지 오지는 않았을 테다.

"더는 남겨지긴 싫어… 제발…"

화물차가 멈췄다. 연료가 다 떨어졌다는 경고음이 울렸다. 시동을 걸려는 소리가 따라 들렸다. 나는 천천히 운전석으로 갔다. 엄마가 시동을 걸려 하고 있었다. 처절했다. 연료가 다 떨어진 탓에 시동은 걸릴 기미가 보이지 않았다. 털털털 하고 겉도는 소리만이 트럭 내부에 가득했다. 나는 창문에다 대고 말했다.

"엄마… 그만 해…"

화물차에 올라타서는 엄마를 물끄러미 바라보았다. 엄마는 핸들에 머리를 박고서는 흐느끼고 있었다. 엄마에게 물었다.

"사고 지점에 가려고?"

엄마는 대답하지 않았다. 나는 설마, 하는 심정으로 말을 이었다.

"혹시 아빠, 찾으러 가려는 거야?"

그때, 엄마는 내게 안겼고, 나는 엄마를 안았다. 엄마의 얼굴 디스플레이가 닿는 부분은 차가웠고, 몸은 뜨거웠다. 엄마는 울음소리를 냈다. 디스플레이에는 오열하는 이모티콘이 나타났다. 엄마는 아빠를 잊고 있지 않았다. 아빠와 사건의 지평선에서 무슨 일이 있었던 걸까? 엄마가 물었다.

"나한테 왜 이렇게까지…"

나는 엄마의 머리를 쓰다듬었다. 말로는 감정이 전달되지 않을 것 같았다. 엄마가 말을 이었다.

"미안해. 말해 주지 않아서."

엄마의 몸이 떨려 왔다. 손을 통해서 떨림이 전해져 왔다. 엄마가 말했다.

"혼란스럽고, 어지러웠어. 도저히 이게 현실이라고 받아들일 수가 없었어. 내가 망쳤으니 내가 해결하고 싶었어… 네 아빠만 돌아오면 모든 게 달라질 거라 생각했어…"

엄마의 목소리는 전과는 또 달랐다. 어딘가 깨져 있는 것처럼 거칠었다. 목이 쉰 것 같기도 했다. 고개를 들어 보니 붉었던 출력 모니터가 점차 푸르게 변해가고 있었다. 더 물어보려 하기 전에 엄마가 말을 이었다.

"내가 너한테 해 준 것도 없는데, 여기서 더 도움받으면 미안해서 견딜 수가 없을 것 같았어."

나는 엄마에게 말했다.

"괜찮아. 엄마. 돌아와 준 것만으로도 고마워."

우리는 서로를 꼭 껴안았다.

한 걸음

집으로 돌아와 엄마와 이야기를 나누었다. 퍼즐 조각을 하나씩 맞추듯이 나는 엄마, 아빠가 사라진 순간부터 최근에 찾기를 포기하려고 했다는 것, 그리고 자금 사정이 어려워 진이 아주머니에게 돈을 빌린 사실까지, 대부분의 이야기를 털어 놓았다.

그러나 할머니에 관한 것은 끝내 말하지 못했다. 전원은 차단되어 있었으나, 할머니가 두 눈을 부릅뜨고서 지켜보고 있는 것 같았다. 더불어 이야기를 하면 할수록 엄마의 감정 수치가 요동치고 있었다. 시간을 들여 천천히 남은 이야기를 풀어 가기로 했다.

엄마는 오래도록 내 이야기를 들어 주었다. 이야기를 끝낸 후 나는 엄마를 가만히 보았다. 이제 엄마 차례였다. 이 순간을 위해 얼마나 오래 기다렸는지 모른다. 엄마는 깊게 숨을 내쉬고는 말을 시작했다.

"위험… 해서 말할 수 없었어."

"위험이라니?"

엄마의 입에서 나온 뜻밖의 말에 가슴이 철렁거렸다. 엄마가 말을 이어 갔다.

"너도 알다시피 그때 우리는 화물차를 모는 운전사였어. 모든 게 평온했고, 문제 없었지. 그런데 어느 날 의뢰가 들어왔는데, 뭔가 이상했어. 물건을 하나 받아 오는데 보통 운임의 세 배를 주겠다고 했으니까. 거기다 항로 기록 장치를 꺼 달라고 했어."

이것으로 왜 구조대가 트럭의 위치를 특정하지 못했는지 알 수 있었다. 엄마는 천천히 말을 이었다.

"처음에는 받지 않으려 했어. 무슨 물건인지 알 수 없었으니까. 그렇게 거절했는데, 그날 밤 휴봇들이 우리를 찾아왔어."

"휴봇들이?"

엄마가 고개를 끄덕였다.

"응. 꼭 받아 왔으면 하는 물건이 있다고 했어."

"무슨 물건이길래?"

"휴봇을 사람으로 되돌리는 장치."

놀라서 입을 손으로 막았다. 그런 장치가 있다는 말을 들어 본 적이 없었다. 왜일까? 만약에 그런 장치가 있다면, 분명 여름성에 있는 사람들이 모를 리가 없었다. 무언가 석연치 않은 것들이 느껴지기 시작했다.

"물론 그게 사실인지 아닌지는 몰라. 우리는 운반만 하는 사람이니까. 휴봇들을 만나고 나서 우리는 서로 의견이 갈렸어. 네 아빠는 휴봇들을 보더니 물건을 운송하겠다고 했고, 나는 이야기를 듣고 나서 반대했지."

"왜?"

"너무 위험하니까."

엄마는 홀로그램 기기를 만지고는 표 하나를 띄웠다. 수많은 여름성 기업들의 이름이 나열되어 있었다. 할머니가 설문 아르바이트를 했을 때 보았던 G 테크도 그곳에 있었다.

"아무리 사람들이 금지한다고 해도, 휴봇 산업은 우주에서 큰 산업 중 하나야. 우리가 들여오려는 장치는 그 산업 전체를 없애 버릴 수도 있어. 그러면 그 사람들이 과연 가만히 있을까? 우리 같은 화물 기사가 감당하기에는 너무 큰일이라 생각했어.”

한눈에 보기에도 큰 기업들이었다. 생각해 보니, 그들이 반휴봇 단체를 지원하고 있다는 소문이 암암리에 돌고 있었다. 휴봇들이 반휴봇 단체의 폭력에 노출되어 부품이 망가질 경우, 이들은 살기 위해 부서진 부품을 새것으로 갈아 끼워야 했다. 그때마다 엄청난 비용이 들었고, 그 비용은 고스란히 기업들의 이익이 되었다. 누가 봐도 의심이 가는 정황들이 곳곳에서 포착되고 있었다. 엄마가 말했다.

“그런데 네 아빠는 달랐어. 휴봇들을 도와주려 했어. 이런 세상이 이상하다고. 우리가 바꿔야 한다고 나를 설득했어. 오랜 토론 끝에 우리는 장치를 운송하기로 했어.”

엄마의 상태가 이상했다. 몸을 심하게 떨기 시작했다.

“엄마, 더 말 안 해도 돼…”

엄마는 나를 향해 손을 뻗었다. 나는 멈칫할 수밖에 없었다.

“처음에는 문제가 없었어. 순조로웠지. 항성 폭발도 없었고, 스윙바이도 괜찮았어. 그런데 장치를 받아서 돌아오는 길에 문제가 생겼어."

엄마는 그 순간을 떠올리는 것 같았다.

"여름성 거의 도착해서 블랙홀 스윙바이를 하는
데, 갑자기 어떤 트럭이 나타났어. 피하려 했는데 그
땐 이미 늦은 상태였어. 바로 차체가 뜯겨져 나갔어.
장치를 지키려고 안간힘을 썼지만, 우리도 튕겨져 나
갔어…"

엄마는 말을 잇지 못했다. 나는 잠시 엄마를 두었
다. 제발 무리하지 않았으면 했지만, 동시에 사건의
전말을 알고 싶은 마음도 컸다. 감정 수치가 제대로
돌아올 때까지 시간을 주었다. 엄마는 내 손을 세게
감아쥐었다. 나는 조심스럽게 엄마에게 물었다.

"그럼… 사건의 지평선에서는 무슨 일이 있었어?"

"거기서는…"

고통스러운지 엄마의 디스플레이에 이상 반응이
보였다. 원색의 빛들이 번갈아 번쩍이기 시작했다. 나
는 엄마를 말리려 했으나, 엄마가 오히려 나를 말리고
는 천천히 말을 이었다.

"무엇도 느껴지지 않았어. 감각이 기관에서 인지
돼서 머리로 도달하는 것보다 모든 것들이 빠르게 움
직였어. 나는 의식을 잃었고 네 아빠는…"

엄마는 몸을 떨기 시작했다. 출력 모니터에서 과열 양상을 보이기 시작했다. 경고 메세지도 함께 떴다. 나는 조용히 엄마를 바라보다가 말했다.

"그만."

나는 엄마의 어깨에 손을 올렸다.

"억지로 기억해 내지 않아도 괜찮아. 우리 천천히 이야기하자."

엄마를 다독이고는 안방에 데려가 침대에 눕혔다. 밤을 새서 그런지 엄마는 금방 잠에 들었다. 나는 거실로 나왔다. 모든 문제가 해결된 것처럼 고요했다. 그러나 사실 해결된 것은 아무것도 없었다. 엄마는 여전히 아빠와 사건의 지평선에서 있었던 일에 대해서는 말하지 않았고, 반대로 나는 엄마에게 할머니의 상태에 대해서는 말하지 못했다.

'크나큰 잘못을 저질렀던 건 아닐까?'

그러나 전처럼 빨리 앞서가려 하다가 또다시 엄마를 잃고 싶지 않았다. 마치 태풍의 눈 속에 있는 것만 같았다. 할 수만 있다면, 태풍이 지나갈 때까지 태풍의 눈을 따라 걸음을 조심히 옮겨 내 주변에 있는 그 누구도 다치지 않기를 바랐다. 할머니는 전원이 꺼진 상태로 놓여 있었다. 나는 전원을 켜지 않고서 할머니를 안았다. 그렇게 한동안 있었다.

 . . .

그로부터 3일 정도가 지나자 엄마의 상태가 크게
호전이 되었다. 나는 과거 엄마, 아빠의 화물차를 치
고 간 화물차를 추적하려 했으나, 15년이란 시간이 지
나 그런지, 아무런 증거도 남아 있지 않은 상황이었
다. 인터넷에 해당 사건에 관해 아는 것이 있다면 연
락을 달라고 글을 올렸으나 엄마를 찾는 연락도, 집에
찾아오는 사람도 없었다.

한동안 나는 엄마를 계속해서 안심시켜야만 했다.
트라우마로 몸을 떠는 엄마에게 블랙홀로부터 공간
적으로나, 시간적으로나, 멀리 있다고, 엄마를 잡아
놓았던 블랙홀은 여기서부터 멀리 떨어진 곳에 있으
며, 그러한 일들은 15년 전에 있었던 '과거의 일'이라
고, 반복해서 말해야 했다.

엄마는 차츰 현실을 받아들였다. 비록 집에만 있었
지만, 방에서 나와 오래도록 나와 함께 있었다. 간단
한 농담을 나눌 수 있을 정도로 회복되었다. 할머니나
진이 아주머니의 말씀대로 엄마는 쾌활한 성격이었
다. 그럼에도 가끔 어두운 표정의 이모티콘이 비쳤고,

때때로 출력 모니터가 붉어졌다. 그때마다 나는 엄마에게 혼자 있을 시간을 충분히 주어야 했다.

지난 번에 진이 아주머니는 엄마가 옛날에 살았던 동네에 가 보라고 했다. 나에게는 할머니 집으로 이사하기 전의 동네, 즉 내가 태어났던 곳이었다. 이곳에서 그리 멀리 떨어져 있지는 않았다.

오후가 되어 엄마는 안방에서 나왔다. 나는 엄마와 함께 밥을 먹었다. 할머니가 해준 요리만큼은 아니었지만, 요리 블록으로도 충분히 맛있는 음식을 만들 수 있었다. 디스플레이가 달린 머리 부분과는 달리 엄마의 몸은 유기체라 지속적으로 영양분을 섭취해야만 했다. 엄마는 밥을 목 부근에 매달린 영양 주머니에 넣으면서 말했다.

"익숙하지가 않네."

"뭐가?"

"이런 상태에서 밥을 먹는 거랑, 네가 이렇게 엄마 밥을 차려 준다는 게…"

나는 최대한 아무렇지 않은 척 웃어 보였다.

"시간이 지났으니까."

숟가락이 그릇 바닥을 긁을 때까지 우리는 말을 하지 않았다. 앞으로 할 말이 많으니까, 라고 생각하려 했으나, 우리 사이에 아직 나누지 못한 말들이 그 침묵을 만들어 내고 있는 것을 나는 알고 있었다.

설거지는 엄마가 하겠다고 했다. 안정을 취해야 한다고 말하고 싶었으나, 엄마는 두 팔을 걷어붙이고 나섰다. 이럴 때는 그저 내버려 두는 것이 더 좋을지도 몰랐다. 엄마가 설거지를 하는 동안 나는 부엌 주위를 맴돌며 물끄러미 엄마의 뒷모습을 바라보았다. 진이 아주머니가 말하던 생머리에 말괄량이처럼 우주를 누비고 다니던 엄마의 모습이 떠올랐다.

'옛날에 살았던 동네에 가보면 뭔가 달라질지도 몰라.'

진이 아주머니의 말씀이 떠올라서 목 부근이 간질거렸다. 엄마에게 말했다.

"엄마, 엄마가 전에 살았던 동네에 가 볼까?"

"동네라면, B-3?"

고개를 끄덕였다.

"응. 얼마나 변했을지 궁금하지 않아?"

엄마는 흔쾌히 고개를 끄덕였다. 오랜만의 외출이었다. 그것도 엄마와 함께. 안방으로 가서 옷장을 열었다. 먼지가 많았다. 최근 몇 달 간은 한 번도 열어 본 적이 없었다. 거기서 엄마와 함께 입고 나갈 옷을 골랐다. 엄마는 원피스 몇 개를 꺼내더니 내 몸에 대어 보였다. 키가 비슷해서 그런지 기장이 딱 맞았다.

"나는 괜찮아."

입어 본 적은 없었다. 학교에 다닐 때는 교복만, 일을 하기 시작해서는 작업복만 입고 다녔다. 원피스 같은 옷들은 모두 남의 것처럼 느껴졌다. 그러나 엄마는 고개를 저었다.

"이런 날 아니면, 언제 꾸며 보겠어?"

· · ·

엄마의 끈질긴 권유에 어쩔 수 없이 옷을 갈아입었다. 모처럼 신은 구두가 불편해 1세대 휴봇처럼 걸어 다녔다. 엄마는 그 모습을 보고는 깔깔 웃어 댔다. 엄마는 화장을 하기 시작했다. 살이 드러나는 목과 팔 언저리에 주로 집중했다. 어찌 보면 엄마의 피부가 나보다도 흰 것만 같았다. 마지막으로 엄마는 디스플레이에 이모티콘이 아니라 아름다운 배경 하나를 띄웠다. 지구에 있는 어떤 푸르른 언덕이었는데, 한때 지구 모든 사람들의 컴퓨터 배경 화면이었다고 한다. 전체적인 모습은 마그리트 작품 같았다.

엄마는 거울 속 모습을 보며 포즈를 취했다. 싱그러웠다. 준비를 마치고서는 엄마와 함께 버스를 기다렸다. 엄마를 만난 첫날보다 훨씬 가까이에 앉았다. 한시라도 떨어지고 싶지 않았다.

버스는 산 중턱에서 멈췄다. 엄마와 나는 부단히 높은 곳을 향해 올랐다. 전력 생산기가 수십 대 줄지어 서 있었다. 전력 생산기는 관람차처럼 여러 개의 바구니가 둥근 철제 프레임 곳곳에 박혀 있는 모습이었다. 그것은 비가 올 때만 돌아갔다. 하늘에서 다이아몬드가 떨어지면 바구니에 담겼고, 그 힘으로 발전기가 돌면서 전기를 만들어 냈다. 엄마가 말했다.

"원래 여기에 집들이 많았는데."

"얼마나?"

엄마는 검지로 우리의 목적지인 산꼭대기부터 버스 정류장이 있는 곳까지 가리켰다.

"1차 개척지 중 하나였어. 가진 것은 많이 없어도 서로 의지하며 많이 보냈어. 다이아몬드 비가 몰아칠 때면, 바닥을 뜯어 이웃 지붕을 덧댔으니까."

엄마는 과거를 걷고 있는 것처럼 그리 말했다. 내게 남은 어린 시절 기억은 몇 없었다. 행복한 기억들이 있기는 했으나, 그것들은 엄마, 아빠의 실종이라는 거대한 먹물에 삼켜져 버렸다. 그래도 단편적인 기억들 중 몇을 떠올리려 애를 썼다. 한 번은 골목을 따라서 친구들과 내달렸다. 술래잡기를 했던 것 같았다. 그러다 경보가 울렸다. 우리는 집으로 돌아가지 않고 가장 가까운 집 문을 두들겼다. 어른들은 우리를 얼른 집으로 들였고, 맛난 간식을 내어 주었다.

그때의 따뜻함을 잊을 수가 없었다. 엄마가 말했다.

"그때 그 사람들은 전부 어디로 갔을까?"

꼭대기에 올랐다. 한눈에 아래가 내려다보였다. 우리 집이 있었던 곳도 다른 집들과 마찬가지로 전력 생산기가 설치되어 있었다. 전력 생산기는 빙글빙글 각자의 속도로 돌고 있었다. 다이아몬드들이 바닥에 흩뿌려졌고, 바닥을 꽉 채운 다이아몬드들은 구르고 굴러 한 곳에 모였다. 과거에는 없었던 다이아몬드 호수가 보였다. 우리는 한쪽에 앉아 숨을 돌렸다. 엄마가 말했다.

"무지개 호수네."

호수에 깔린 다이아몬드들은 빛을 반사하며 저들끼리 수많은 무지개를 허공에 수놓았다. 빛이 강해지면 강해질수록 목욕탕 수증기처럼 무지개가 피어올랐다. 아름다웠으나 엄마, 아빠, 그리고 내가 보냈던 얼마 없는 추억을 잃어버린 것 같아 온전히 받아들일 수는 없었다. 혼잣말을 했다.

"아무것도 없네."

엄마는 무지개 호수를 바라보면서 말했다.

"없어진 게 아니야. 변한 거지."

그래, 사라진 것은 아닐 테다. 어딘가에는 남아 있을 것이다. 정보는 사라지지 않고 영원히 남으니까. 아무리 원자가 쪼개져도, 블랙홀에 삼켜져도, 고유의 정보는 어딘가에 항상 남아 있다고 했다. 우리의 추억도 마찬가지겠지. 엄마는 갑자기 내게 무언가를 건넸다. 무엇인지 잘 분간되지 않다가 눈을 크게 떴다.

"이거 어디서 구했어?"

엄마는 웃으며 아래쪽을 향해 고갯짓했다.

"저기 뒤쪽에 문구점이 있더라고. 엄청 구석에 먼지 쌓인 채로 있어서, 네가 못 올라오는 사이에 얼른 샀지."

지구 디오라마였다. 내 손바닥 정도의 크기로 디오라마 내부에는 수많은 정교한 홀로그램들이 움직이고 있었다. 도시와 해안가에는 불빛들이 깜빡였고, 바다는 파도로 울렁이고 있었으며, 대기권에는 구름이 떠다니고 있었다. 엄마가 말했다.

"요즘에는 전부 맞춰져 있더라고. 옛날에는 하나하나 맞췄었는데…"

다시 디오라마를 자세히 보았다. 아래로는 바다가 절반보다도 넓게 펼쳐져 있었고, 사이사이에 광활한 대지와 산이 펼쳐져 있었다. 그런데 크기가 이렇게 작았는가 싶었다. 어렸을 때는 무척이나 크다고 생각했다. 어린아이가 된 것만 같았다. 나는 지구 디오라마를 이리저리 만져 보았다.

엄마는 내게 물건 하나를 더 내밀었다. 지난번에 병원에서 보았던 화물차 열쇠였다. 열쇠 뒤편에는 작은 로켓이 하나 달려 있었는데, 예전에 병원 선반에서 엄마의 소지품으로 가져온 것이었다. 엄마가 말했다.

"너 가져. 엄마의 부적이야."

로켓을 받아들고는 힘을 주었으나, 로켓은 열리지 않았다. 엄마가 로켓을 열기 위해 끙끙대는 나를 보며 말했다.

"스윙바이를 할 때만 열려. 강한 원심력이 작용해야 하거든. 엄마는 늘 그걸 보면서 안전하게 집에 돌아가게 해 달라고 빌었어."

"뭐가 있길래?"

엄마는 웃으며 말했다.

"비밀. 나중에 네가 확인해 봐."

'나중'이라는 단어가 그리 어색한 것인 줄 알지 못

했다. 나는 가만히 열쇠를 받아 들고는 엄마에게 말했다.

"고마워. 엄마."

엄마는 고개를 저었다.

"아니야. 엄마가 너무 늦게 줘서 미안해."

우리는 한동안 서로를 안았다. 다이아몬드 호수로 빛이 쏟아졌다. 빛들이 산란하며 주위로 뻗어 갔다.

· · ·

집으로 돌아오는 길에 엄마로부터 많은 이야기를 들으려 했다. 사건과 관련해서 과실 증거가 없다면 혹시나 물류 센터에서 사고 보상금을 받을 수 있을지도 몰랐다. 휴봇들이 늘어난 만큼 BORD-119로 가려는 대기자도 늘어나 브로커들은 꽤나 큰 금액을 부르고 있는 상황이었다.

돈이 더 필요했다. 만약 보상금이 나온다면, 그 돈으로 곧장 둘을 성운 BORD-119에 보낼 수도 있었다. 나는 할머니와 엄마가 다시 육체를 얻고서 자유롭게 우주를 돌아다녔으면 했다.

그러나 엄마는 문제를 더 키우고 싶어 하지 않았다. 시간도 오래 지나서 증거들이 효력을 잃은 것과 더불어 본인들처럼 내가 위험해질 수도 있기 때문이라 했다. 나는 기회를 봐서 슬쩍 물었다.

"그럼, 아빠는?"

엄마는 아빠라는 단어를 듣자마자 눈을 감았다. 엄마가 말했다.

"그건, 나중에, 나중에 이야기해 줄게."

엄마는 그 말을 끝으로 더 말하지 않았다. 출력 모니터가 붉어져 있었다. 조금이라도 더 질문하면 엄마가 완전히 초기화가 될 것만 같았다.

견뎌야 할 무게

어느덧 물류 센터는 피해 복구를 마치고 정상화되었다. 거뭇한 탄 자국이 남아 있기는 했으나, 피해 대상이 휴봇들이라 그런지 다들 크게 상관하지 않는 분위기였다. 일주일 만에 한 출근이었다. 물론 물류 센터에는 정확하게는 5일 만에 간 것이었다. 다행히 물류 센터에서 있있던 일들은 아무도 모르는 것 같았다.

일을 하려고 하는데, 익숙한 얼굴이 보이지 않았다. 나는 반장님께 가서 물었다.

"형태는요?"

반장님은 고개를 저었다. 피곤으로 가득한 얼굴이

었다. 얼굴에는 기름기가 떠 있었고, 눈 밑에는 다크서클이 가득했다. 사고를 수습하느라 며칠 동안 밤을 새우신 것 같았다.

"몰라. 집에 큰일이 있다고 하더라고."

"큰일이요?"

"아침에 그렇게 말해서 알겠다고 하고 끊었지."

반장님이 씩 웃으며 나를 놀리듯이 물었다.

"형태는 왜? 걔한테 마음 있냐?"

나는 당황해서 손을 내저었다.

"아뇨. 갚을 게 있어서요."

반장님은 능글능글한 웃음을 보이더니 내게 장난을 쳤다.

"뭘? 돈이라도 빌렸어? 아님, 사랑?"

뭐라 말할 수가 없었다. 형태는 여태 내게 많은 것을 해주었다. 형태의 도움이 없었더라면 엄마를 찾지 못했을 것이다. 평생 은혜를 갚아도 모자랐다. 계속해서 괜히 마음이 쓰였다. 내가 대답하지 않자, 반장님은 메모지에 무언가를 쓰더니 내게 건넸다. 주소가 적혀 있었다. 반장님이 말했다.

"일찍 퇴근 시켜 줄 테니까. 이따 여기 가 봐. 형태가 없어서 현장이 잘 돌아가질 않네."

나는 고개를 숙이고서 사무실을 나가려 했다. 반장님이 말을 덧붙였다.

"제대로 도와줘서 복귀시켜! 이것도 일이야!"

퇴근 전까지 일이 손에 잡히지 않았다. 머릿속에는 온갖 걱정으로 가득 들어차 있었다. 형태는 입사 후 결근은커녕 지각조차 한 적이 없었다. 얼마나 큰일일까 싶었다. 형태에게 정신이 팔려 물건을 잘못 적재하는 바람에 반장님께 꾸지람을 듣기도 했다. 퇴근 시간만을 기다렸다.

예상대로 형태의 집은 우리 집과 가까웠다. 잠깐 집에 들를까 싶었다. 엄마가 무얼 하고 있는지 궁금했다. 함께 시간을 많이 보내야 했다. 그러나 이것도 일이라는, 반장님의 말이 머릿속에서 메아리쳤다. 집을 지나쳐 갔다.

굽이굽이 골목을 지나갔다. 그러다 다 쓰러져 가는 건물 하나를 보았다. 언뜻 보면 무허가 건물처럼 보였다. 외벽에 잔뜩 금이 가 있는 데다, 콘크리트 바닥도 깨져 있었다. 인터폰을 누르려 했으나, 전기가 들지 않는지 소리가 들리지 않았다. 공용 현관이 열려 있어 바로 안으로 들어갔다. 집들이 다닥다닥 붙어 있었다. 복도에는 다이아몬드가 흩뿌려져 있었다. 고개를 들어 보니 천장에 구멍이 뚫려 있었다. 나는 307호 앞에 서서 문을 두들겼다. 익숙한 목소리가 들렸다.

"누구세요?"

"나, 은하야."

문은 한동안 열리지 않았다. 얼마나 당황스러울까. 시간이 조금 지나고 나서야 문이 열렸다. 완전히는 아니었다. 문틈으로 보이는 형태의 얼굴은 좋지 못했다. 특히나 눈가가 붉었다. 나는 형태에게 말했다.

"반장님이 보냈어. 너 없으면 물류 센터가 안 돌아 간다고 하셔서…"

형태의 어깨 너머로 집 안이 스치듯 보였다. 신발 장에는 신발이 여러 켤레 있었다. 혼자 사는 것 같 아 보이지는 않았다. 형태가 힘없는 목소리로 말했다.

"그래? 반장님께는 내일 꼭 나간다고 전해 줘. 오 늘 집에 일이 있어서."

형태는 문을 닫으려 했다. 나는 문을 잡았다. 형태 의 눈이 커졌다. 용기 내어 말을 꺼냈다.

"혹시, 내가 도와줄 일 없어?"

그러나 형태는 무심했다. 고개를 저으며 다시 문 을 닫으려 했다.

"괜찮아. 내일 연락할게."

그때 집 안에서 누군가 넘어지는 듯한 소리가 들렸다. 고개를 빼어 보니 작은 여자아이가 바닥에 주저앉아 있었다. 홀로그램으로 봤던 형태의 동생이었다. 키가 작았으나, 짙은 눈썹과 높은 콧대 그리고 긴 속눈썹으로 보아 형태의 동생이 확실했다. 동생은 벽을 짚고 서 있었다. 금방이라도 다시 넘어질 것 같았다. 형태는 동생을 향해 빠르게 다가가더니 부축했다.

"안녕하세요."

동생은 나를 보고는 고개를 숙이며 인사했다. 나도 얼떨결에 따라서 고개를 숙였다. 동생이 집 안으로 손짓했다. 다른 어떤 말을 기다렸으나 동생은 집 안으로 손짓만 계속 할 따름이었다. 내가 머뭇거리자, 형태가 어물쩍 말했다.

"들어와."

나는 형태의 집으로 들어갔다. 내부는 정갈했다. 동생과 둘이서 사는 것 같았다. 거실은 좁고 어두웠으나, 작은 무드등이 은은하게 안을 밝히고 있었다. 빛이 들지 않아 그런지 꼭 비 내리는 날 같았다. 동생이 휘청거리며 또다시 넘어지려 했다. 형태가 가까스로 동생을 잡아챘다.

형태는 동생을 방에 눕힌 후 이불을 덮어 주었다.

동생의 이마를 손으로 한 번 쓸고는 방문을 닫고 나왔다. 형태는 거실에 있는 소파를 향해 손짓했다. 나는 소파에 어정쩡하게 앉았다. 어색한 분위기에 무슨 말을 어떻게 꺼내야 할지 갈피가 잡히지 않았다. 나는 어렵게 입을 뗐다.

"생각해 보니 전에 고맙다는 말도 제대로 못 했네."

형태는 고개를 저었다.

"아니야. 내가 돕고 싶어서 도와준 거니까."

"그래서 말인데, 내가 도울 수 있는 일이라면 도와줄게. 이건 네가 아니라 나를 위해서야."

마지막 말은 굳이 하지 않아도 될 말이었다.

"오해하지 마. 마음이 불편해서 그런 거야. 혹시 동생이…"

이렇게라도 말하지 않으면 형태가 내게 상황을 털어놓지 않을 것만 같았다. 형태는 잠시 고민하더니 동생에 관해 말을 꺼내기 시작했다.

"그게… 동생이 아파."

"어디가?"

형태는 자기 몸을 가리키며 말했다.

"태어날 때부터 몸이 안 좋았어. 특히나 뼈가 약해

서 제대로 걸을 수도 없어. 내가 없으면 매일 집에만
있어야 해."

함께 겨울성으로 갔을 때, 했던 형태의 말이 떠올
랐다.

'사람마다 견딜 수 있는 힘이 다른 것 같아.'

그래서 그런 말을 했던 건가 싶었다. 형태는 동생
이 있는 방에 시선을 던졌다.

"부모님은?"

"부모님은 다이슨 피어를 만들러 가셨어. 여기서
만 광년 떨어진 곳이야. 그 돈으로 지금까지 버틴 거
지."

나는 조금이라도 형태에게 도움이 되기 위해 말
을 꺼냈다.

"지구에는 인체에 대한 치료법이 많대. 거기서는
치료받을 수 있어."

그러나 형태는 고개를 저었다.

"아니. 불가능해. 지금 동생은 여름성에서 벗어나
기 위한 최소한의 중력도 버틸 수가 없어."

그래서 형태가 예전에 내게 전뇌화 수술에 관해 물
어본 것인가 싶었다. 이런 상황이라면 전뇌화 수술밖
에 답이 없었으니까. 나는 말들을 던졌다. 안개 속에

서 길을 찾으려 팔을 휘젓는 것 같았다.

"그럼, 전뇌화 수술은…"

형태는 고개를 숙이고는 말을 이었다.

"부모님이 반대하시고 있어."

"왜?"

그러자 형태는 전혀 다른 사람이 되었다. 평소 어떤 상황이던 침착하던 모습은 어디 가고, 얼굴을 벌겋게 해서는 불만을 토해 냈다.

"우리가 믿는 종교에서는 전뇌화 수술을 금지하고 있거든."

"그게 무슨…"

"신이 주신 육체를 버린다는 이유 때문이야."

내가 어떤 위로의 말을 건네기도 전에 형태는 말을 쏟아냈다.

"그 사람들은 자기가 경험해 보지 못해서 그래. 아픈 사람을 눈앞에 두면 그런 말은 안 나올 거야. 이제는 혀가 말려 들어가서 제대로 말도 못 해. 지금부터 3개월도 버티지 못할 거야. 이런 상황에서 구원 같은 건 귀에 들어오지도 않아."

다른 말을 할 수는 없었다. 무슨 말도 형태를 위로해 줄 수 없다는 것을 잘 알았다. 나도 그랬으니까. 할머니가 수술을 받았을 때, 나를 이해한다는 그 누구의 말도 받아들일 수가 없었다.

"나는 부모님이랑 달라. 전뇌화 수술 시킬 거야. 돈도 많이 모았어. 여기 살면서 악착같이 일하고 모았어. 이제는…"

형태는 쉽게 말을 잇지 못했다. 나는 가만히 형태를 지켜보기만 했다. 남을 위로해 본 적이 없어 돌처럼 가만히 있을 뿐이었다. 형태가 말을 이었다.

"너라면, 이해해 줄 거라 생각해. 너는 수술을 받지 않겠다고 했지만…"

어쩌면 모든 것이 우리의 욕심이 아닐까. 보내지 못하고 붙들고 있는 것이 아닐까. 모든 것에는 균형이 있었다. 어떤 존재가 만들어지기 위해서는 다른 어떤 존재가 사라져야 했다. 반장님은 여름성이 있어, 겨울성이 있고, 겨울성이 있어, 여름성이 있다고 했다. 빛과 어둠도, 양성자와 전자도 마찬가지였다. 사람도 마찬가지였다. 우주의 자원은 한정되어 있고, 사람들은 그것을 나누어 가진다. 그러나 인간들은 끝없이 살아남고 가지려 했다. 욕심이었다. 휴봇이 되는 것도 이러한 욕심의 연장선상일까 싶었다.

그러나 우리에게는 다른 선택지가 없었다. 거대한

계획이나 균형 같은 것은 우리의 시야에 들어오지 않았다. 우리에게는 단지 사랑하는 사람이 아팠고, 그에 따른 답이 유일했을 뿐이었다. 나는 착잡한 마음으로 형태에게 물었다.

"수술이 언제인데?"

"오늘 밤 10시."

시간이 얼마 남지 않았다. 할머니가 수술받았을 때를 떠올렸다. 마치 죽으러 가는 것만 같았다. 할머니는 파리한 머리를 한 채로 수술복을 입고 있었다. 우리는 커다란 욕탕에서 목욕을 했다. 나는 할머니의 마른 몸에 뜨거운 물을 끼얹었다. 아주 천천히 오랫동안. 나는 할머니 몸을 씻기면서 몇 번이고 수술 중단을 고민했다. 의식을 옮긴다고 해서 정말 완전히 옮겨지는 것이 맞을까? 수술 후 할머니의 육체는 화장되어 함에 담겼다. 함을 받아들었을 때 할머니는 죽은 것만 같았다. 그러나 사람들의 말에 의하면 할머니는 엄연히 살아 있었다. 차가운 깡통 같은 몸 속에서 말이다. 그런데 과연 예전 할머니와 지금 할머니가 같은 할머니일까?

이런 의문들을 형태도 가지고 있을 것이었다. 형태가 말했다.

"수술받기 전까지 같이 있고 싶어. 옷도, 맛난 것
도 사 주고 싶어."

형태는 눈물을 흘리기 시작했다. 그간 얼마나 힘들
었을까. 나는 형태를 꼭 안고서 등을 두들겼다. 형태
가 동생의 방문에다 대고서 말했다.

"미안해, 정말로 미안해. 내가 꼭 BORD-119에 가
서 몸을 되돌려 줄게."

형태도 이 행성에서 휴봇이 겪고 있는 수많은 어려
움을 알고 있었다. 그런 상황에서 형태는 어쩔 수 없
이 동생이 전뇌화 수술을 받게 하면서도, 다시 동생
에게 인간의 몸을 주려 했다. 형태는 아주 작은 목소
리로, 한 걸음 옆에 서 있어도 들리지 않을 정도로 계
속해서 동생의 방문에 말들을 속삭였다.

· · ·

나는 형태의 동생의 수술이 끝날 때까지 형태와 함
께 있었다. 형태는 끝까지 고민에 고민을 이어 갔다.
수술 철회서를 두고서 볼펜을 들었다가도 다시 놓기
를 반복했다.

수술 전, 우리 셋은 아이스크림을 한껏 먹었다. 평
소라면 몸에 탈이 날까 먹이지 못한 음식이 많다고 했

다. 그중 하나가 아이스크림이었다. 동생은 손을 빠르게 움직이며 아이스크림을 모조리 먹어 치웠다. 형태는 한 스쿱도 먹지 않고서 동생이 먹는 것만을 바라보기만 했다. 말은 하지 않아도 동생의 얼굴에서 그 기쁨을 느낄 수 있었다.

우리는 함께 동물원도 갔다. 실제 동물이 있는 것이 아니라 VR 기기를 쓰고서 지구에 있는 동물을 보는 것이었지만, 동생은 좋아했다. 사자, 호랑이, 원숭이같이 여름성에서는 절대 볼 수 없는 동물들이 사방을 돌아다녔다. 식생도 다양했다. 동생이 입을 헤벌쭉 벌리면서 좋아했으나 얼굴이 너무나도 창백한 나머지 언제 쓰러져도 이상하지 않아 보였다.

"고마워."

동생이 수술실로 들어가고 나서 형태는 내게 그렇게 말했다. 내 손을 꼭 잡고서 눈물을 흘렸다. 내가 힘을 내어 한 것은 없었다. 그저 이야기를 들어 주고 함께 시간을 보냈을 뿐이었다. 마음이 무거웠다. 수술이 끝나려면 시간이 한참 남아 있었다. 나는 형태를 그곳에 두고 갈 수는 없었다.

"우리 집에 가서 밥 먹고 오자."

"괜찮아."

나는 형태의 움푹 팬 볼을 가리키며 화를 냈다.

"네가 건강해야 배터리 팩이라도 벌지. 휴봇이라 해도 돈이 얼마나 들어가는데. 부품 비용만 해도…"

더 말할 필요는 없어 보였다. 형태가 더 잘 알고 있을 것이었다. 형태의 눈에서 결연한 의지가 느껴지고 있었다. 나는 형태와 함께 집으로 갔다. 할머니가 켜져 있었다. 할머니는 형태를 보고서 놀라서 제대로 움직이지 못했다. 할머니가 내게 뭐라 말을 하려 했으나, 그 순간 엄마가 방문을 벌컥 열고 나왔다. 형태는 엄마를 보자마자 고개 숙여 인사했다. 엄마는 형태의 인사를 받고는 씩 웃으며 말했다.

"은하 직장 동료 분이신가 보네요. 이리 와서 앉으세요."

엄마는 할머니에게 밥을 차려 달라 말했고, 형태는 그 모습을 보더니 할머니를 가리키며 내게 무언가를 물어보려다 말았다. 어느 정도 상황을 눈치챈 것처럼 보였다. 할머니는 자기의 나무 팔을 형태에게 들이밀더니 무거운 걸 찬장에서 내려 달라며 형태를 부엌으로 끌고 갔다. 그러자 엄마는 내 옆구리를 쿡 찌르더니 윙크를 했다. 얼굴이 빨갛게 달아올랐다.

우리는 함께 밥을 먹었다. 엄마가 장을 봐 왔다고

했다. 돈이 어디서 났냐는 물음에 엄마는 할머니가 예전에 했던 설문 조사를 똑같이 했다고 말했다. 아마도 할머니가 엄마에게 추천한 것이리라. 오랜만에 꽉 찬 식탁을 보았다. 이렇게까지 분위기가 훈훈한 적이 없었다. 할머니의 된장찌개는 보글보글 끓어올랐고, 엄마는 밥을 크게 한 술 떠서 영양 주머니에 넣었다. 형태도 사양하지 않고서 숟가락을 여러 번 들어 올렸다. 할머니는 형태에게 질문을 쏟아 냈다.

"학교는 다니세요? 부모님은 뭐 하시나요?"

엄마가 할머니에게 눈을 치켜뜨고서 경고했다.

"그만, 그만. 요즘 애들한테 그런 거 물어보면 안 돼."

할머니는 엄마를 한 번 보더니 콧방귀를 꼈다.

"은하님 애인이면 검증을 한 번 해야…"

엄마가 할머니에게 숟가락을 겨누며 말했다.

"한 번 더 질문하면 꺼 버릴 거야."

엄마는 장난으로 성을 냈고, 둘의 모습을 보고서 나는 웃었다. 얼마 만에 식탁에서 소리 내어 웃는 것인지 알 수 없었다. 할머니는 형태를 가만히 보더니 자리에서 일어나 찌개를 퍼 나르며 곡소리를 냈다. 나는 물병을 가지러 가면서 할머니에게 전에 공원에서 불량배들로부터 우리를 구해 준 사람이 형태라 작은 목소리로 말했다. 그러자 할머니가 빤히 형태를 쳐다보더니 무언가를 준비하기 시작했다.

식사를 마칠 때쯤 엄마가 형태에게 말했다.

"언제든지 와도 돼요. 자주 밥 같이 먹어요."

형태가 목이 막히는지 가슴을 쳐 댔다. 내가 물을 건네주자 벌컥벌컥 마시고는 말했다.

"아뇨. 이미 은하한테 너무 받은 게 많아서요."

형태는 그에 관해 더 이야기하지 않았다. 우리가 서로를 어떻게 도왔고, 어떻게 함께해 왔는지를 말하면 그간 나눴던 모든 순간들이 변색될 것처럼 느껴졌다. 참 많은 일이 있었다. 몰래 화물차에 올라탄 것을 눈감아 준 것부터 내게 아무런 이유를 묻지 않은 것까지. 모든 것이 고마웠다. 엄마가 고개를 저었다.

"아녜요. 나 없을 때, 은하 옆에 있어 줘서 고마워요. 정말로."

엄마는 묵묵히 밥을 먹었고, 형태는 그 모습을 보다가 내게 시선을 던졌다. 나는 형태를 바라보며 미소를 지었다.

식사를 마친 후 할머니는 형태에게 음식을 바리바리 싸 주었다. 배터리 팩에 전력이 많지 않을 텐데, 할

머니는 무리해서 움직였다. 마음이 크게 쓰인 것 같았
다. 진공 팩에 된장찌개와 밥을 넣어 주고서 할머니는
더 주지 못해 미안하다고 말했다. 형태는 할머니와 엄
마를 향해 연신 고개를 숙였다.

밖으로 나온 우리는 함께 걸었다. 달이 말갛게 떠
있었고, 달빛을 받은 다이아몬드 구름 덩어리들이 빛
을 여러 갈래로 분산시키고 있었다. 나는 형태에게
말했다.

"미안해. 우리 할머니가 질문이 좀 많지?"

"아냐. 물어보실 수 있지. 궁금하실 텐데. 그런데
어머니는 할머니가 휴봇이신 건 모르셔?"

"응. 의사가 충격을 주지 말라고 해서. 아직 이야
기 못 했어."

"언젠가는 말해야 할 텐데…"

하늘이 전체적으로 어두운 와중에도 무지개가 보
였다. 달빛이 굴절되어 생긴 것이었다. 우리는 바닥에
새겨진 무지개를 피아노 건반처럼 밟으며 나아갔다.
형태에게 말했다.

"응. 곧 말해야지."

걱정이 되었으나, 언젠가는 말해야 했다. 조금만
더. 말을 하려고 다짐해도, 엄마 앞에 서면 입이 떨어지지 않았다. 시간이 더 필요하다고 믿었다. 엉킨 줄을 한 번에 풀려고 하다가는 줄이 끊어질 수도 있었다. 나는 형태를 곁눈질하며 말했다. 조금 더 당차게 말을 이었다.

"너무 상심하지 말자. 네가 그랬잖아. 성운 BORD-119에 가면 휴봇들도 다시 몸을 얻을 수 있다고."

형태는 다소 씁쓸하게 웃어 보이며 말했다.

"그랬으면 좋겠다."

그래, 희망이란 좋은 것이니까. 마지막에 엄마, 아빠 찾기를 포기하려 했을 때, 형태가 나를 잡아 준 것처럼 이번에는 내가 형태를 잡아 주어야 했다. 형태는 다시 우리 집 정문에 나를 데려다 주고는 내게 무언가를 내밀었다. 여행권으로 보이는 표 두 장이었다. 내가 어리둥절해 있는 사이 형태가 말했다.

"달 여행권이야."

"이걸 왜 나한테…"

형태는 내 손에 꽉 여행권을 쥐여 주었다. 받지 않으려 했지만 형태의 의지는 확고했다. 나는 어정쩡하게 표를 받아 들고서 형태를 보았다.

"원래 동생이랑 가려고 했어. 걔한테 많은 걸 보여 주고 싶었는데, 일정 때문에 이렇게 됐네."

어둠 속이었으나, 형태의 표정이 환하게 보이는 것 같았다. 형태는 부끄러운지 눈썹을 문지르며 말을 이어 가려 했다. 형태가 숨을 한 번 크게 삼켜 내고는 말했다.

"고마워. 정말."

그렇게 말하고는 형태는 머리를 긁으며 돌아섰다. 등이 평소보다 더 넓어 보였다.

• • •

아주 오래전부터 할머니는 잠들기 전 내 머리맡에서 자주 지구의 전래 동화를 들려 주었다. 호랑이에게 쫓겨 해와 달이 된 오누이 이야기였다. 오누이의 어머니를 잡아먹은 호랑이는 오누이를 잡아먹기 위해 고군분투했다. 궁지에 몰린 오누이는 하늘에 동아줄을 내려 달라 빌었다. 하늘은 둘에게 동아줄을 내려 주었다. 동아줄을 타고 올라가는 둘을 보며 호랑이도 하늘에 동아줄을 내려 달라 빌었다. 그러나 호랑이의 동아줄은 썩은 동아줄이었고, 결국, 떨어져 죽었다. 동아줄을 타고 올라간 오누이는 끝내 해와 달이 되었다. 할머니가 방을 나가고 나면 나는 창가로 갔다. 유독 하늘에 뜬 여름성의 위성이 밝게 보였다.

지구에만 달이 있는 것이 아니었다. 여름성에도 여름성 주변을 도는 작은 위성이 하나 있었다. 그것은 지구의 달과 거의 모든 면에서 비슷했다. 그래서 개척자들은 그것을 지구의 위성과 똑같이 달이라 불렀다. 아마도 지구를 그리워하는 개척자들의 마음이 담겨 있는 이름일 것이다. 나는 매일 그곳을 향해 손을 모으고서 빌었다.

'엄마, 아빠를 돌려주세요.'

타닥타닥거리며 다이아몬드들이 저들끼리 부딪치며 소리를 냈다. 늦은 밤이었음에도 소리는 달음박질을 쳤다. 꼭 불꽃놀이를 하는 것만 같았다. 빛은 빠르게 나타났다 사라지기를 반복했다. 소원 빌기는 계속됐다.

'여길 떠날 수 있게 해 주세요.'

여름성의 달을 보며 해와 달이 떠 있다는 지구의 동화를 들었다. 지구는 어떤 곳일까? 수십 가지의 절기와 아주 오랫동안 펼쳐진 역사들, 기껏해야 70년 정도의 역사를 가진 여름성과는 차원이 다를 것만 같았다. 얼마나 많은 일들이 그곳에서는 일어났을까? 이곳에서는 기다림이 전부였다. 물류가 도착하기를 기다려야 했고, 차가 돌아오기를 기다려야 했다.

엄마가 돌아왔지만 나는 이제 아빠를 기다려야 했다. 형태가 떠나고 나서 나는 다시 한번 손을 마주 잡고서 달을 향해 빌었다.

'오늘처럼만, 오늘처럼만 살게 해 주세요.'

균열

    풀리지 않은 문제들이 아직 많았으나, 잠시 접어두기로 했다. 입가에서 웃음기를 지울 수가 없었다. 처음으로 하늘에 뜬 달을 보며 가슴이 두근거렸다. 겨울성같이 아주 먼 거리를 나가 본 적은 있었지만, 이상하게도 가까운 달을 가 본 적은 없었다. 여름성에 사는 학생들이라면 모두 달에 가 본 적이 있었다. 초등학교, 중학교, 고등학교 등 대부분 학교에서 수학여행으로 달을 방문해서 그런지 대부분 아이들은 달 여행을 지겨워했다.

    그러나 나는 달랐다. 어렸을 때는 할머니의 일을

도와야 해서, 할머니가 휴봇이 되고 나서는 내가 일을 해야 해서 달 여행은커녕 여름성도 제대로 가본 곳이 없었다.

마음이 두근거렸으나, 동시에 걱정이 되기도 했다. 엄마가 장거리 여행을 버틸 수 있을까 싶었다. 초반에 좋은 티를 너무 많이 낸 것이 문제였다. 엄마는 무조건 괜찮다고만 했다. 오히려 좋은 기회가 생겼다며 콧노래를 불렀다. 그렇게 괜찮다고 반복해서 말하니 일단은 믿어 보기로 했다.

여행 전날까지 밤이 되면 매일 고개를 들어 올렸다. 달이 여름성을 공전하는 것이 눈에 보였다. 크기가 그렇게 큰 것은 아니었지만, 여름성과의 거리가 무척이나 가까웠다. 표면은 거칠었다. 대기가 거의 없어 표면이 그대로 보였다. 구름이 바람에 따라 흘러가는 것 같았다.

'지구의 달도 비슷할까?'

언젠가는 알 수 있었으면 했다. 돈은 착실히 모으고 있었다. 조금만 더 일을 해서 돈을 모으면 아빠를 찾고, 엄마와 할머니에게 육체를 돌려줄 수도 있었다. 거기에 엄마도 호전되고 있었다. 언젠가는 아빠에 대해서 말할 것이고, 사건에 관해서 자세한 전말을 알 수 있을 것이었다.

'조금만 더.'

결승점이 시야에 보일 것만 같았다. 나는 달을 보면서 얼마 후에 만끽할 결과를 상상했다. 절로 미소가 지어졌다.

엄마는 인포메이션 센터에서 받아 온 달 지도를 펼쳐 보였다. 그곳에는 지구의 달도 함께 나와 있었다. 엄마는 펜을 꺼내 들고는 크레이터 부분을 색칠하기 시작했다. 굵직한 부분을 색칠하니, 정말이지 방아 찧는 토끼처럼 보였다. 귀는 쫑긋했고, 아래쪽에는 방아가 있었다. 신기했다. 엄마는 동화책을 읽어 주는 것처럼 내게 이야기를 들려주었다.

"아주 먼 옛날에 지구인들은 지구의 달에 방아 찧는 토끼가 산다고 믿었어."

"왜?"

"옛날 옛적에 토끼가 한 마리 살았어…"

내용이 귀에 들어오지는 않았다. 꿈을 꾸는 것만 같았다. 까맣게 펼쳐진 하늘과 그 가운데 거대하게 떠 있는 저 푸른 행성이 내게 주는 어떤 경이로움. 평소에 수십 번이나 지나쳐 갔음에도 느껴지지 않다가 그제야 느껴지는 감정들이 있었다. 막혀 있는 어떤 감정의 골이 부서진 것만 같았다. 나는 울음을 참기 위해 입술을 세게 깨물어야 했다.

"진작에 들었으면 좋았을 텐데."

나도 모르게 그렇게 말했다. 느슨하게 풀렸던 분위기가 다시 조여 왔다. 엄마는 멋쩍은 표정의 이모티콘을 디스플레이에 띄우더니 말했다.

"그러게. 앞으로 많이 해 줄게."

여행을 떠나기 전날 할머니에게 다가가 전원을 켰다. 할머니는 자리에서 일어나더니 내게 말을 하려다가 엄마를 보고는 말을 삼켰다. 엄마는 할머니를 신경 쓰지 않고서 흥얼거리며 짐을 싸느라 바빴다. 나는 할머니의 귀에다 속삭였다.

"우리, 달 여행 가."

할머니는 따라가고 싶은 듯한 눈치를 보냈다. 그러나 할머니의 기계 신체는 오래돼서 우주 엘리베이터의 중력조차도 버틸 수가 없었다. 미안했다. 조금 더 돈이 있었더라면 최신형 신체에 배터리 팩도 수십 개씩 쌓아 둘 수 있었을 텐데. 얼마 전에 팔았던 할머니의 팔과 다리를 다시 사 오려 했으나, 할머니는 나를 말렸다.

"네가 무슨 돈이 있어서 그래?"

할머니는 늘 자기 자신에게 필요한 것은 사지 않으려 했다. 조금이라도 비싼 것을 사다 주면 장착하지 않고는 부품상에 바로 전화를 걸어 팔아 버렸다. 이번에도 마찬가지였다. 할머니는 감정을 억누르고는 내 손을 잡고서 말했다.

"네 엄마는 괜찮대? 구조된 지 얼마나 됐다고."

나는 안방에서 옷을 챙기고 있는 엄마를 보며 말했다.

"응. 엄마가 꼭 가고 싶대."

"그래도, 갔다가 몸 상하면 어떻게 하려고."

사실 괜찮을까 싶었다. 내 욕심이 너무 과한 건가? 할머니의 말씀대로 문제가 있을지도 몰랐다. 아직까지 사고 트라우마에서 완전히 벗어나지도 못한 상태였다. 그런데 엄마는 분명 괜찮다고 말했고, 무엇보다 달에 가고 싶은 내 마음이 컸다. 할머니에게 말했다.

"정말 괜찮대."

할머니는 다소 미심쩍은 목소리로 말했다.

"그래? 그럼… 엄마랑 잘 갔다 와."

내가 무척이나 달에 가고 싶어 한다는 사실을 엄마는 알고 있었다. 힘들어도 나 때문에 무리하는 것일지도 몰랐다. 나는 잠시 뜸을 들이다가 할머니에게 말했다.

"엄마한테 이제 이야기하자."

할머니의 디스플레이에서 나오는 불빛이 흔들렸다. 금방이라도 전원이 꺼질 것 같았다.

"안 돼. 안 하기로 했잖아."

나는 할머니의 손을 잡고서 말을 이었다.

"여기서 더 늦으면 말하기가 더 힘들 거야. 할머니. 엄마가 할머니 많이 보고 싶어 해. 한 명이라도 더 엄마 곁에 있어 주면 훨씬 더 빨리 좋아질 거야. 할머니. 이번 한 번만 더 나 도와주라."

마지막은 애원에 가까웠다. 할머니는 나를 물끄러미 바라보더니 고개를 돌렸다. 기름칠을 하지 않아 그런지 삐걱거리는 소리가 들려왔다.

"알았어. 할머니가 맛난 거 해 놓을 테니, 잘 놀다 와."

나는 할머니를 안았다. 언젠가는 달에 함께 갈 수 있을 것이었다. 얼마 지나지 않아 할머니는 피곤하다며 스스로 전원을 꺼 버렸다.

· · ·

막상 여행 당일이 되니 뒤늦게 아이가 된 것만 같

았다. 걱정보다는 설렘이 컸다. 한 걸음에 남들 세 걸음을 갔다. 우주 엘리베이터를 타지도 않았는데, 몸이 날아오르고 있는 것만 같았다. 우주 엘리베이터는 물류 센터에서 그리 멀지 않은 곳에 있었다. 지상에서 시작된 관이 수직으로 솟아올라 있었다. 관은 곧장 달에 있는 정류장으로 연결된다고 했다. 아래로는 형형색색의 엘리베이터들이 늘어져 있었다. 장식 없이 매끈한 유리로 된 엘리베이터부터 유명한 음료수 캔을 본뜬 것까지 다양했다.

우리가 탈 우주 엘리베이터는 아주 먼 옛날 지구 우주선인 '아폴로 14호'를 본뜬 모습이었다. 발사체가 아래로 뻗어 있었고, 매끈하게 뻗은 우주선의 끝은 달을 향하고 있었다. 경보가 울리고 비가 내려서 기다려 달라는 방송이 나와도 미소가 절로 그려졌다. 플랫폼에 사람들은 무척이나 많았다. 엄청나게 큰 짐을 가지고 기다리는 사람이 많았다.

그들은 짐에 기대어 잠을 자거나, 쉬었다. 여름성을 떠나려는 인파들이었다. 그들의 얼굴에는 피곤이 넘쳐흘렀으나, 조금씩 희망이 보이기도 했다. 그들 덕택에 나 역시도 함께 가슴이 벅차오르는 것을 느꼈다. 그러나 나와는 다르게 엄마는 웃지 않았다. 엄마는 담담한 표정의 이모티콘을 디스플레이에 띄우고서 나를 보았다. 나는 엄마에게 걱정으로 가득 찬 목소리로 물었다.

"엄마, 지금이라도 안 가도 돼."

엄마는 고개를 저었다. 내 마음만 너무 앞선 걸까 싶었다. 할머니의 걱정대로 엄마에게 여행은 몸 상태에 맞지 않게 너무 이른 것일 수도 있었다. 엄마는 짜증을 내는 이모티콘을 띄우며 대답했다.

"괜찮다니까. 정말로."

입이 비쭉 나왔다. 괜찮다는 사람에게 연이어 묻는 것도 그다지 좋지 않다고 생각했다. 수십 번이나 되물었고, 엄마는 그때마다 괜찮다고 대답했다. 분위기가 빠르게 냉각됐다. 설렘으로 가득 찬 분위기 속에서 우리는 입을 닫고서 주변을 둘러볼 뿐이었다. 나는 분위기를 조금이라도 풀어 보고자 엄마에게 일부러 말을 걸었다.

"엄마는 달에 가 본 적 있어?"

엄마는 고개를 저었다.

"아니."

이어지는 대답은 없었다. 목소리가 다소 신경질적으로 느껴졌다. 그때 탑승을 알리는 방송이 들려왔다. 나는 엄마의 손을 잡고서 엘리베이터로 향했다. 얇은 우주복을 입고서 마스크를 착용했다. 승무원은 달에는 대기가 없기 때문에 꼭 마스크를 써야 한다고 했다.

우리는 하늘을 올려다보며 서 있었다. 수십 번이나 우주에 나가 보았지만, 그때는 꼭 처음 나가는 것처럼 심장이 두근거렸다. 이윽고 엘리베이터에 불이 들어왔고, 강한 힘에 뒤로 밀리는 듯한 느낌을 받았다. 엄마는 멍하니 앞을 바라보고 있었다. 나는 엄마의 손을 잡았다. 엘리베이터는 빠르게 떠올랐다. 엄마 것일지 모를 목소리가 들려왔다.

"미안해."

누구에게 사과를 한 걸까? 나였을까? 할머니에게 한 것일까? 아니면 아빠? 알 수 없었다. 공기 빠지는 소리와 함께 엘리베이터는 빠르게 여름성의 대기를 뚫고서 달로 향했다. 도착까지 순식간이었다. 엄마와 나는 도착한 후에도 오랫동안 손을 붙잡고 있었다. 엄마에게 말했다.

"엄마. 도착했어."

엄마는 거친 숨을 몰아쉬었다. 엄마의 바이탈 신호가 급격하게 요동치기 시작했다. 나는 승무원을 부르려 했으나, 엄마가 말렸다.

"아니야. 괜찮아."

전혀 괜찮지 않아 보였다. 출력 모니터가 이제껏 보인 적 없는 짙은 붉은 빛을 띠고 있는 데다 엄마는 몸을 심하게 떨고 있었다. 의사의 경고가 떠올랐다. 금방이라도 엄마의 메모리 칩이 리셋될 것만 같았다. 다른 사람이 모두 엘리베이터에서 내릴 때까지 우리는 자리에 가만히 앉아 숨을 골랐다. 승무원이 우리에게 말했다.

"내리셔야 해요."

기다리는 사람들이 많았다. 나는 승무원에게 말했다.

"저희 어머니가 몸이 좀 안 좋아서요."

그러나 승무원은 매정했다.

"지금 고객님 때문에 전부 밀리고 있어요."

나는 엄마를 일으켜 세우려 했으나, 엄마는 움직이지 않았다.

"엄마, 일어나야 해."

엄마가 고개를 저으며 말했다.

"먼저 가."

"어떻게 그래. 엄마 때문에 다른 사람들 지금 다 기

다리고 있다니까."

그럼에도 움직일 기미가 보이지 않자, 승무원이 말했다.

"계속 앉아 계시면 바로 내려가셔야 해요."

달에 발을 내딛기도 전에 다시 내려가야 할 판이었다. 나는 승무원에게 고개를 숙이며 연신 죄송하다고 말했다. 엄마에게 말했다.

"꼭 지금 이래야겠어? 조금만 움직이면 되잖아. 세 걸음만 걸으면 앉아서 쉴 수 있어."

엄마는 대답하지 않았다. 승무원은 한숨을 크게 내쉬고는 조종사에게 손짓했다. 문이 닫히려 했다. 나는 문을 막아섰다. 이렇게 티켓을 날리는 건가 싶었다. 얼마나 기다렸던 건데. 그간 엄마와 보내지 못한 시간들을 보상받으려 했던 것 같다. 승무원은 나에게 지금 즉시 문에서 나오라고 경고했다. 나는 엄마를 거칠게 잡아당겼다. 엄마는 괴로운지 손에 힘을 주었다. 억지로 엄마를 바깥에 내던지듯이 두었다.

엄마와 내가 밖으로 나가자마자 엘리베이터 문이 닫히더니 엘리베이터는 순식간에 여름성으로 돌아갔다. 다리에 힘이 풀렸다. 바닥에 누워 있는 엄마를 보니 화가 치밀어 올랐다. 몇 번이고 괜찮냐고 물었었는데, 왜 말하지 않고서 이런 사단을 만드는 건가 싶었다. 엄마에게 따지듯이 물었다.

"엄마, 괜찮다며. 내가 힘들면 오지 말자고 했잖아."

엄마는 또 대답하지 않았다. 또다시 원점으로 돌아간 것만 같았다. 엄마는 눈을 꼭 감고 있었다. 과거를 헤매는 것처럼 보였다.

"또 대답 안 해?"

출력 모니터가 붉게 변한 것을 보니 말이 나오지 않다가도 도저히 참을 수 없는 지경이 되었다. 나는 애써 모니터를 무시하며 말을 이었다.

"내가 언제까지 참아야 해. 나도 힘들어."

엄마는 가까스로 눈을 떴다. 몸을 일으키고는 머리를 붙잡았다. 나는 엄마에게 말했다.

"집에 가자."

엄마가 고개를 저었다. 이해할 수 없었다. 걷지도 못하는 마당에 집은 또 가기 싫다고 하니.

"싫어."

엄마의 대답은 짧고 간단했다. 그러나 그것만으로는 설명이 부족했다. 무전으로 사람들의 웃음소리가 들려왔다. 사람들은 여름성의 반조차도 되지 않는 중력을 가진 달에서 덤블링을 하거나, 뛰어다니고 있었다. 나는 버튼을 눌러 다른 외부 무전을 끄고는 엄마를 붙잡고 말했다. 나는 엄마를 몰아붙였다.

"왜 그래?"

"미안해."

그 한 마디에 나는 입을 다물었다. 상황이 상황이다 보니 머리가 아파 왔다. 말 한 마디로 모든 것이 해결되지는 않았다. 가슴속에 불이 확 피어올랐다.

"엄마 아픈 거 알아. 근데 내가 계속 물어봤잖아? 왜 괜찮다고만 해? 이렇게 됐을 때, 내 마음은 생각 안 해?"

엄마는 말을 받아쳤다.

"미안하다고 말했잖아."

엄마의 태도에 더욱 화가 났다. 불현듯 엄마가 15년이나 블랙홀에 잡혀 있어, 나와 나이 차이가 그리 나지 않는다는 사실이 떠올랐다. 둘 다 어렸다. 그러나 딸인 내가 더 어렸다. 인내심이 바닥나 버린 것만 같았다. 엄마에게 따지듯이 말했다.

"아무것도 달라진 게 없잖아. 괜찮다고, 미안하다고 말만 하면 뭐 해. 엄마 지금 몸 안 좋은 건 변하지 않잖아. 이게 뭐야."

엄마의 디스플레이에 심하게 화가 난 이모티콘이 떴다. 사람들이 지나가며 우리들을 힐끗 보았다. 신경이 쓰였다. 일단 엄마를 일으키려 했다.

"일단 일어나."

나는 팔을 두어 번 끌어당겼지만, 엄마는 엉덩이만 들썩거릴 뿐 일어나지는 못했다. 다시 짜증이 솟구쳤다.

"일어나지도 못하면서 어떻게 여행을 해?"

"할 수 있어."

엄마의 팔을 붙잡고는 다시 엘리베이터 쪽으로 끌었다.

"집으로 가자."

"싫어."

"가자니까!"

"싫다니까!"

엄마의 출력 모니터가 붉어졌고, 우리들의 손은 땀으로 축축해졌다. 그러나 멈출 수가 없었다. 나는 답답한 마음에 쏟아 내듯이 말을 이었다.

"엄마, 엄마도 힘들겠지만, 나도 힘들었어. 할머니도, 엄마도, 아빠도 없이 할머니랑 둘이서 여기에 남겨졌어."

엄마는 나를 바라보았다. 그러나 한 번 쏟아지기 시작한 말을 멈출 수는 없었다.

"아무리 주변에 사람이 있어도 있는 것 같지가 않았어. 친구들이 엄마를 뭐라고 불렀는 줄 알아? 엄마를 외계인이라 했어. 스파게티 면처럼 늘어져서는 흐물거리는 그런 외계인 말이야."

가슴속에서 뜨거운 것이 쏟아져 나왔다. 엄마는 말없이 흐느낄 뿐이었다. 주변 사람들이 우리를 멀찍이서 보고 있었으나, 신경 쓰지 않았다. '괜찮니?', '힘들었겠구나.'와 같은 말들은 잠시였다. 내가 조금이라도 잘못을 하면 사람들은 금방 태도를 바꾸고는 '엄마가 없어서.'라는 이유를 붙이며 나를 평가했다.

'엄마가 돌아온다면 달라질까?'

시간이 가면 갈수록 희망은 사라져 갔다. 엄마를 잊고 살아야만 했다. 내게 엄마란 저기 어딘가에 살아 있는 존재가 아니라 15년 전 사고 현장에서 죽은 사람이었다. 날이 갈수록 희망을 붙잡고 사는 것이 얼마나 처절한지 깨달았다. 그런데 이제는 그때가 더욱 좋았다고 생각했다. 그때는 희망이라도 있었다. 막상 현실을 마주하니 이 갈등들을 도저히 받아들일 수가 없었다.

엄마가 무언가를 말하려 했다. 입술이 심하게 떨리고 있었다. 이제 나는 엄마가 진실만을 말해 주기를 원했다. 더는 이상 기다릴 수 없었다. 아무리 엄마의 자식이라 해도 이건 아니었다. 엄마가 말했다.

"미안해. 지금은 정말 미안하다는 말밖에 할 수가 없어."

나는 자리를 떠났다. 실망감이 몰려왔다. 엄마를 두고서 밖으로 나왔다. 일부러 멀리 달아났다. 상대적으로 적은 중력 때문에 조금만 발을 굴려도 몸이 크게 떴다. 거기서 조금만 더 크게 발을 굴리면 여름성으로 돌아갈 수 있을 것만 같았다.

'여기서 그렇게 벗어나는 거지.'

그런 생각이 든 것과 동시에 뒤를 돌아보았다. 엄마는 나를 따라오려 했다. 그러나 경량화 슈트가 몸에 익숙하지 않은지, 몸을 제대로 가누지 못했다. 과거에는 아주 두꺼운 우주복을 입었다고 했다. 뒤뚱거리는 것이 꼭 오리 같았다고. 엄마가 외쳤다.

"은하야! 잠깐만!"

꼴도 보기 싫었다. 엄마와 연결된 무전도 꺼 버렸다. 엄마가 조금이라도 내 마음을 알아줬더라면 그렇게 행동하지 못했을 것이다. 나는 보폭을 맞춰 가려

하고 있는데, 엄마는 15년 전 사고 당시에 머물러 있는 것 같았다.

나는 빠르게 내달렸다. 먼지가 일었으나 여름성처럼 금방 가라앉지 않았다. 먼지는 느리게 공간을 부유하며 떠다녔다. 나는 무중력 상태로 발을 맞추어 나아가는 아이들을 지나쳐서 전망대에 섰다. 여름성이 바로 보였다. 푸른 대기에 쏟아지는 항성 빛, 그리고 다이아몬드 비가 만들어 내는 무지개 빛에 눈이 아려 왔다.

달 여행이라 해 봤자 별게 없었다. 관광지라고는 크레이터가 군데군데 파져 있는 이 척박한 위성에서 여름성을 올려다보는 것이 전부였다. 저중력도 처음에만 신기했지, 나중에는 불편하기만 했다. 아이들끼리 온종일 떠들 만한 여행지는 아닌 것 같았다. 그저 아이들의 허세가 아니었나 싶었다. 집 어항에 있는 물고기를 보고서 욕조에 들어갈 만큼 크다고 하거나, 돌부리에 걸려 넘어진 상처를 누구와 싸워서 생겼다는 것들과 같이 달나라 여행도 그런 허세의 연장 선상이었던 거지. 나는 돌을 기념으로 한 줌 챙기려다가 말았다.

다시 플랫폼에 돌아가 보니 엄마는 없었다. 엄마

를 기다리고 싶지는 않았다. 화가 다 풀리지 않았다. 멀리서 희끄무레하게 뒤뚱거리는 우주인 하나가 보였다. 뒤뚱거리는 것이 꼭 엄마 같았다. 그때 여름성으로 내려가는 엘리베이터가 도착했다. 승무원이 내게 물었다.

"타실 건가요?"

실루엣 하나가 넘어지기를 반복하며 이리로 달려오고 있었다. 그러다 크게 넘어져서는 쉽게 일어나지 못했다. 그것은 버둥거리면서 어떻게든 이곳으로 오려 했다. 누구든 도와줄 사람이 있을 것이다. 나는 고개를 끄덕였고, 엘리베이터에 올라탔다. 엘리베이터는 빠르게 여름성으로 내달렸다.

쌍소멸

오래도록 자리를 지켰다. 형형색색의 엘리베이터들은 빠르게 여름성과 달을 오갔다. 나는 엘리베이터가 스테이션에 도착할 때마다 고개를 빼고서 사람들의 얼굴을 살폈다. 그러나 어디에도 엄마는 없었다. 서서히 불안감이 커져 갔다.

이윽고 어스름이 질 때가 되어서야 나는 승무원에게 다가가 물었다. 엄마가 오지 않았다고. 승무원은 홀로그램 기기를 켜서 어딘가로 전화를 걸었다. 다른 승무원이 전화를 받았다. 말들이 오갔다. 걱정이 흘러넘칠 것만 같았다. 쉴 새 없이 손톱을 물어뜯었다. 승무원은 내게 잠시 기다리라 말하고는 방금 막 도착한 엘리베이터를 향해 뛰어갔다. 이후로도 엘리베이터는 몇 번이고 더 왔다. 이윽고 승무원이 나를 불렀다. 승무원이 사무적인 목소리로 말했다.

"달에는 없다고 하네요."

나는 당황해서 내가 있던 자리를 가리키며 말했다.

"네? 제가 여기 계속 있었는데, 안 오셨어요."

"승무원들이 달 전체에 스캐닝을 해 봤는데 없었대요. 혹시 여기에 손님보다 먼저 오신 게 아닐까요? 엇갈린 걸 수도 있죠."

아니었다. 내려온 순간부터 나는 엄마를 기다리고 있었다. 나는 매섭게 그에게 물었다.

"혹시 휴봇이라 그런 거예요?"

"휴봇이요? 휴봇이면 로봇인데, 하루 정도는…"

당장이라도 그의 멱살을 잡고 싶었으나, 당당한 그의 표정에 힘이 쭉 빠져나가는 것을 느꼈다. 나는 삿대질을 한 번 하고는 돌아섰다. 후회가 빠르게 밀려오기 시작했으나, 얼른 해결책을 찾아야 했다.

나라도 달에 직접 가야 했다. 창구로 달려가 표를 구하려 했으나 표가 하나도 남아 있지 않았다. 곧 다이아몬드 비가 내린다는 소식에 운행이 모두 취소되어 버린 것이었다. 다른 여행객들도 아쉬운 표정을 하고서 돌아서고 있었다. 나는 창구 아래 난 작은 구멍에 고개를 들이밀고서 승무원에게 애원하듯이 물었다.

"혹시 지금 올라갈 방법이 없을까요?"

승무원은 매정하게 고개를 저었다. 웃돈을 주겠다고 했지만 오늘 영업은 끝났다는 냉철한 말만이 기다리고 있을 뿐이었다. 나는 구조대에도 연락을 했지만 자기 관할이 아니라며 달 여행사 측에 물어보라 했다. 고개를 들어 위를 바라보았다. 달에 있는 크레이터가 유독 불길하게 느껴졌다. 혹시나 엄마가 어떤 사고를 당했으면 어쩌지 싶었다.

얼른 내가 가야 했다.

방법은 하나였다.

· · ·

택시를 타고 가면서 가슴을 쳤다.

'이 바보. 엄마를 왜…'

머릿속에서 끔찍한 생각들이 번져 갔다. 최악의 상황들이었다. 여름성의 달에는 지구의 달처럼 운석도 심심찮게 날아들었다. 혹시라도 깊은 크레이터에 빠지면 혼자 힘으로는 지상으로 걸어 나올 수가 없었다. 퇴근 시간이라 차들은 움직이지 않고 길게 늘어서 있었다. 시간이 흐를수록 걱정의 수위는 더욱 짙어졌다. 휴봇 택시 기사가 내게 말했다.

"물류 센터 안으로 들어갈까요?"

"아뇨. 괜찮아요."

나는 곧장 택시에서 내려 정문을 향해 달려갔다. 수많은 사람들이 퇴근하기 위해 정문을 나서고 있었다. 나는 인파를 뚫고서 안으로 내달렸다. 물류팀 사무실에 도착해서는 문을 열고 들어섰다. 형태가 있었다. 형태는 수건으로 땀을 닦아내고 있었다. 형태를 보자마자 눈물이 핑 돌았다. 그러나 멈출 수는 없었다. 형태가 내게 물었다.

"너, 오늘 달나라 여행 간다고 하지 않았어?"

"갔다 왔어."

슬픔에 젖어 있을 시간은 없었다. 얼른 키 박스를 찾았다. 반장님 자리 뒤편에 있었다. 나는 곧장 그리로 가서는 키를 하나 집어 들었다. 형태가 당황해서 나를 붙잡았다.

"키는 왜?"

"이거 놔!"

한시가 급했다. 나는 형태의 손을 뿌리치고서 밖으로 나갔다. 키를 눌러가며 불이 들어오는 차를 찾아 나섰다. 형태는 나를 따라다니며 이유를 계속해서 물었다. 그중 하나에 불이 들어왔다. 달려가서 문을 열고는 화물차에 올라타려 했다. 형태가 나를 붙잡고서 물었다.

"야! 김은하! 정신 차려!"

더는 말해 줄 수 없었다. 혹시나 사고가 날 경우에 형태에게도 큰 문제가 될 테니까. 그때는 형태도 직장을 잃을 것이었다. 최대한 모르는 게 약이었다.

그러나 형태는 이유를 말하지 않으면 날 놓아주지 않을 것이라 했다. 나는 어쩔 수 없이 상황을 설명해야만 했다.

"엄마가, 달에서 안 돌아왔어. 휴봇이라고 수색도 안 해 준대. 전부 나 때문이야. 내가 화가 나서 그만…"

형태는 그 말을 듣자마자 나를 놓아 주었다. 나는 당황한 표정을 한 형태에게 말했다.

"미안해. 내가 해결할 문제야. 넌 신경 쓰지 마."

나는 바로 운전석을 열고는 올라탔다. 열쇠를 꽂고서 돌렸으나 시동이 걸리지 않았다. 열쇠를 부러

져라 돌려 댔다. 그때 조수석 쪽 문이 열리면서 형태가 올라탔다.

"내가 오지 말랬…"

"브레이크 밟고 열쇠 돌려."

형태가 손짓하는 곳을 밟고서 열쇠를 돌리자 시동이 걸렸다. 시동이 걸리는 것을 보자, 형태는 몸을 뒤로 젖히고서 헬멧과 안전장치를 착용했다. 이제는 내리라고 할 수도 없었다. 나는 액셀을 밟았다.

화물차는 천천히 앞으로 나아가기 시작했다. 활주로에 서자, 무전이 들려왔다.

"알파. 소속을 밝혀라. 198다7778은 예정된 운행이 없다."

무시하고서 빠르게 액셀을 밟았다. 화물차가 떨리기 시작하더니 천천히 날아오르기 시작했다. 무전에서는 다급하게 나를 말렸다. 화물차가 뜨고 나서는 순간이었다. 거리가 그렇게 멀지 않기 때문이었다. 곧바로 달 궤도에 근접했다.

그러나 착륙장으로 갈 수는 없었다. 그곳에는 직원을 비롯해 사람이 많은 장소였다. 혹여나 운전이 미숙한 나 때문에 큰 사고가 날 수도 있었다. 어디에 착륙을 해야 할지 알 수 없었다. 형태가 말했다.

"저기."

달에서 가장 큰 크레이터 하나가 보였다. 꽤 평평한 곳이었다. 저곳이라면 천천히 착지할 수 있을 것 같았다. 그렇게 착지를 하려는데, 뒤편에서 우주선 몇 대가 날아오는 것이 보였다. 이어서 무전이 들려왔다.

"차 세워!"

이대로 붙잡힐 수는 없었다. 빨리 엄마를 찾아야 했다. 형태가 말했다.

"내가 시간을 끌어 볼게."

형태와 나는 자리를 바꿨다. 나는 마음이 급해 조수석 문을 열려고 했다. 그러나 형태가 나를 말리고는 내게 우주용 헬멧을 건네주었다. 나는 급하게 헬멧을 착용하고서 조수석 문을 열었다. 뒤편에서는 매섭게 차들이 우리를 쫓아오고 있었다.

형태가 핸들을 아래로 꺾었다. 화물차는 빠르게 아래로 떨어졌다. 크레이터 표면이 순식간에 눈앞으로 다가왔다. 표면과 닿자마자 화물차가 크게 흔들렸다. 바퀴가 빠지는 소리가 들리면서 화물차가 뒤집어질 뻔했다. 형태가 외쳤다.

"지금이야! 뛰어!"

먼지가 자욱하게 피어오르고 있었다. 꼭 불구덩이

속으로 뛰어가는 것처럼 느껴졌다. 잠시 주저했으나 과감하게 뛰어내렸다. 바닥에 몇 번이고 굴렀으나, 아픔이 느껴지지는 않았다. 화물차는 크게 앞으로 나아가더니 절벽 앞에서 멈춰 섰다. 차들이 내 머리 위를 빠르게 지나쳤다. 분진 때문에 나를 보지 못한 것 같았다. 나는 자리에서 일어나 외쳤다.

"엄마!"

목 놓아 불렀다. 들리지 않을 것을 알면서도. 그러나 눈앞에 보이는 것은 창백한 먼지들뿐이었다. 또 이렇게 잃어버리는 것인가 싶었다. 이제 이별은 없을 것이라는 말을 내가 먼저 어겨 버린 것이다. 내 자신에 대한 혐오와 사건에 대해 말해 주지 않는 엄마에 대한 미움이 한데 섞여 구역질이 솟구쳤다.

얼마나 달려갔을까. 우주 엘리베이터가 있는 곳에 도착했다. 여름성에서 오는 엘리베이터 운행은 중단되었으나, 외계로 나가려는 사람들은 플랫폼 내에서 기다리고 있었다. 나는 무선 신호를 전체 파장으로 넓히고서 외쳤다.

"엄마!"

내 외침에 몇몇이 뒤를 돌아보았다. 엄마보다도 나이가 많아 보이는 사람들이 대부분이었다. 그들 중에 엄마는 없었다. 자리에 주저앉고 싶었다. 다리에 힘이 풀렸다. 나 때문에 엄마를 잃어버린 것이었다.

'그렇게 찾아 다녔었는데.'

그때 한 무리의 경찰들이 엘리베이터 승강장으로 들어섰다. 형태는 그들에게 붙잡혀 있었다. 그들이 형태에게 물었다.

"다른 한 명은 어디 있어?"

형태는 말하지 않았다. 눈을 감고 가만히 있었다. 그들의 말투는 점차 거칠어져 갔다.

"아까 다 봤어. 어디 있어?"

몇 번의 질문에도 형태가 대답하지 않자, 그들은 형태를 끌고서 어딘가로 데려가려 했다. 자수를 하고 싶은 마음이 불쑥 솟구쳤다. 혹시나 엄마가 달이 아니라 여름성에 있다면 문제가 무척이나 커질 것이었다. 그러나 우선 내 눈으로 확인해야만 했다. 그들에게 들키지 않으려 몸을 숨기면서 동시에 주변을 살폈다.

그때 가까운 크레이터 부근에 반짝거리는 무언가를 보았다. 그곳을 향해 필사적으로 달렸다. 사람들이 외쳤다.

"잡아!"

아까 버둥거리는 우주인이 있던 곳이었다. 가까이

다가가니 협곡 안에 반짝이는 물체가 보였다. 손으로 열심히 먼지를 파냈다. 먼지가 하늘로 솟아올랐다. 뒤에서 누군가가 내 두 팔을 붙잡았다. 나는 몸부림을 쳤다.

"이거 놔!"

몸을 흔들었으나, 경찰은 놓아주지 않았다. 나를 잡아서 끌고 가려 했다. 이제는 끝이라 생각했다. 그때 바로 목소리가 들려왔다.

"살려 주세요."

엄마였다. 먼지 때문에 통신이 한동안 차단된 것 같았다. 다른 사람들도 목소리를 들었는지 나를 놓아주었다. 먼지를 파내니, 협곡 사이에 끼여 있는 엄마를 발견할 수 있었다. 나는 엄마를 향해 손을 뻗었다. 손은 가까스로 엄마에게 닿았다. 형태도 협곡으로 달려와 엄마의 손을 붙잡고는 밖으로 끌어냈다. 나는 먼지로 뒤덮인 엄마를 안고서 말했다.

"미안해. 엄마. 정말 미안해."

재조합

　사건의 파장은 상당했다. 변명할 여지가 없었다. 큰 사고가 일어날 수도 있는 상황이었다. 혹시나 우주 엘리베이터에 화물차가 부딪치기라도 했더라면 인명 사고가 발생할 수도 있었다. 다행히 달 기지에서도 수색을 다하지 않은 책임을 인정하고서 화물차 수리비를 지불하는 것으로 사건은 마무리됐다.

　나와 형태는 해고되었다. 반장님이 막을 수 있는 수준의 사건이 아니었다. 해고 통보를 받고서 개인 물건을 정리하기 위해 센터로 갔다. 상자에 작업복을 비롯해 수건과 같이 물건들을 쓸어 담았다. 무거웠다.

불과 1년밖에 되지 않았는데도 말이다. 형태 사물함은 이미 비어 있었다.

반장님과 주임님이 나를 정문까지 배웅해 주었다. 나는 둘에게 고개를 숙였다.

"그동안 감사했습니다. 폐만 끼치고…"

미안했다. 반장님도 분명 크게 질책을 받았을 것이다. 미안했다. 그들에게는 미안했다는 말밖에 할 수 없었다. 반장님이 고개를 저었다.

"너도 진짜…"

주임님은 나를 안아 주었다. 모두들 고마웠다. 반장님은 내게 봉투 하나를 건네주었다.

"얼마 안 돼."

봉투를 받을 수가 없었다. 내가 주저하자, 반장님은 상자에 봉투를 억지로 끼워 넣었다. 반장님은 내 표정을 보며 멋쩍어 했다. 나는 반장님께 다시 한번 고개를 숙였다. 뒤돌아서 걸어가는데, 반장님의 혼잣말이 들려왔다.

"형태도 얼굴이나 비추고 가지…"

형태는 물류 센터에 얼굴도 비추지 않고서 떠났다. 반장님이 아침에 출근해 보니 형태의 사물함이 비워져 있었다고 했다. 형태에게 미안했다. 미안하다고 말을 하고 싶었지만 형태는 사건 이후로 며칠째 연락이 없었다. 집에 찾아가 보기도 했지만 그곳에 형태는 없었다. 내게 퍽 마음이 상한 것 같았다. 그럴 만도 했다. 아무리 절박했다고 하지만, 어디까지나 내 일이었다. 형태를 더는 내 삶에 들여서는 안 됐다.

엄마를 병원에 데려가려고 했으나 엄마는 집에 있기를 원했다. 사건 이후 엄마와 한동안 집에서 함께 시간을 보냈다. 일분일초가 소중했다. 말은 많이 하지 않았지만 우리는 서로를 안고서 마주 보았다. 따스했다. 엄마는 조금씩 안정을 되찾았고, 자신의 행동에 관해 사과했다. 그리고 아직은 자신도 초보 엄마라며 내게 미안하다고 말했다. 나는 사과를 받아들였다. 나이로만 따진다면 나와 크게 차이가 나지 않는 언니에 가까웠으니까. 엄마도 나와 함께 천천히 나아가기로 했다.

우리는 함께 영화를 보았다. 쌓아 놓은 수천 편의 DVD를 차례로 재생하며 온종일 영화를 보고 또 봤다. 서로에게서 한 걸음 이상 떨어지지 않았다. 온전히 그 시간을 즐기고 싶었다. 영화 속 지구의 풍경들이 나를 채웠다.

언젠가 그곳 풍경을 직접 마주할 수 있을까?

어떤 막연함과 그리움으로, 내가 엄마와 아빠를 찾 듯이 우리가 시작된 지구라는 공간을 살면서 한 번은 찾아가고 싶었다.

바람이 하나 있다면, 엄마, 아빠, 그리고 할머니와 함께 모든 것을 느끼고 싶었다. 금속 팔과 다리, 센서 가 아니라, 따스한 눈빛과 손길로 말이다.

• • •

"물류 센터에서 1년간 일하면서 많은 것을 느꼈습 니다. 우선…"

면접관이 손을 들었다. 제대로 된 시설은 아니었 다. 작은 창고 같은 곳에 책상 하나에 의자 두 개를 놓 은 것이 전부였다. 퀴퀴한 먼지 냄새가 가득했고, 바 닥에는 다이아몬드 덩어리들이 굴러다니고 있었다. 유일하게 내 이력서를 보고 연락을 준 회사였다. 전 에 다니던 회사와 마찬가지로 물류 센터였으나, 규모 가 무척이나 작았다. 면접관이 말했다.

"화물차 운전할 수 있어요?"

"면허가 없는데…"

면접관 얼굴이 급격하게 어두워졌다. 이대로는 일 자리를 구할 수 없을 것 같았다.

"운전은 할 수 있습니다. 간단한 정비도요."

수십 번 우주를 오가며 어깨너머로 운전을 보고 배웠다. 거기다 엄마, 아빠를 찾기 위해 화물차 부품을 일일이 꿰고 있었다. 면접관은 서류를 살펴 보더니 내게 말했다.

"가족 중에 휴봇이 둘이나 있네요."

나는 고개를 끄덕였다. 면접관은 서류를 덮고서 책상에 내려놓더니 몸을 앞으로 숙였다. 무언가 은밀하게 이야기할 것이 있는 것 같았다. 면접관이 말했다.

"혹시 성운 BORD-119 알아요?"

나는 고개를 끄덕였다. 그는 나를 머리부터 발끝까지 이리저리 눈으로 훑더니 천천히 말을 이었다.

"석 달. 석 달만 제대로 일하면 두 분 다 거기로 보내 드릴게."

매우 좋은 기회였다. 애초에 할머니와 엄마를 성운 BORD-119에 보내기 위해 일을 하려고 했으니까. 그러나 기쁨은 잠시였고, 걱정이 몰려왔다. 무언가 다른 속셈이 있는 것 같았다. 조심스럽게 면접관에게 물었다.

"저야 좋은데…"

바로 면접관은 손을 휘휘 저으며 말했다.

"싫음, 말고요."

바로 나는 손사래를 쳤다. 유일하게 합격한 회사였다. 잠시 고민하던 나는 면접관을 향해 잘 부탁한다 말하며 고개를 숙였다.

면접관은 씩 웃고는 지금 바로 근로계약을 하자고 하며 내게 근로계약서를 건넸다. 그러나 예상치 못한 일이 벌어졌다. 나는 눈을 크게 뜨고서 면접관에게 물었다.

"이렇게나 많이…"

연봉이 전에 다니던 회사보다 훨씬 높았다. 면접관은 표정 하나 변하지 않고서 말했다.

"일단 면허부터 따 오세요."

나는 근로계약서에 바로 서명하고는 고개를 꾸벅 숙였다. 함박웃음이 그려졌다. 그간 걱정했던 모든 일들이 한 번에 사라진 것만 같았다. 내가 너무 한 회사에만 오래 남아 있었던 것이 아닐까 싶었다.

집으로 가는 발걸음이 가벼웠다. 천장에 구멍을 낼 기세로 쏟아지는 다이아몬드 비도 낭만적으로 느껴질 정도였다. 어쩌면 곧 이 여름성을 떠날 수도 있다고 생각하니 조금은 아쉽기도 했다. 그래도 내가 태어나고 자란 행성이었다. 비를 피하기 위해 카페에 잠시 들러 돈이 얼마나 필요할까 셈을 했다. 월세 고정 비용에, 하루에 두 끼를 먹는다 가정하고, 이따금 영화를 보거나, 적어도 1년에 한 번은 여행 갈 수 있는 정도. 하루, 일주일, 한 달, 달력을 넘기다가 한 귀퉁이에 눈이 갔다.

'여기까지만 일하자.'

과거 2481년에 그려 넣었던 빨간색 동그라미를 앞으로 당겼다. 할머니와 엄마는 성운 BORD-119에 가서 새로운 몸을 얻고서 함께 이곳을 떠날 수도 있기를 바랐다. 낮에는 자유롭게 우주 유영을 하고, 일몰 무렵에는 소설 속 어린 왕자처럼 작은 소행성 위에 지어진 숙소 위에서 노을을 계속해서 볼 수도 있을 것이다. 희망이 보이기 시작했다. 집에 도착하니, 엄마가 풀이 죽은 채로 소파에 앉아 있었다. 나는 엄마에게 다가가 물었다.

"무슨 일 있어?"

엄마는 풀이 죽은 채로 말했다.

"면접에서 떨어졌어. 이미 회사에서 휴봇들을 너무 많이 고용하고 있대."

휴봇들은 망가지지 않는 한 일을 계속해서 할 수 있는 것이 큰 장점이었지만, 이것이 사회적으로는 새로운 휴봇들이 얻을 수 있는 일자리를 줄이는 문제를 만들어 내고 있었다. 더군다나 고용주들은 서비스직 같이 얼굴을 내보이는 직종에는 휴봇이 아니라 인간을 채용하려 했다. 엄마에게 물었다.

"벌써 취직하려고?"

"은하, 너한테 너무 짐이 되는 것 같아서…"

엄마는 고개를 들지 못하고 있었다. 나는 엄마를 안았다. 엄마는 한때 잘 나가는 화물차 운전기사였다. 엄마, 아빠에게 물건을 맡기기 위해 문의가 끊임없이 이어졌고, 스케줄표는 꽉 차 있었다. 그러나 지금은 어디에도 취직하지 못했다. 나는 기가 죽어 있는 엄마를 보며 말했다.

"엄마 나 운전 좀 가르쳐 주라."

• • •

운전 학원에서 돈을 주고서 화물차 한 대를 빌렸다. 나는 운전석에 앉았고, 엄마는 조수석에 앉았다. 엄마는 하나씩 내게 내부를 설명해 주었다. 대부분 알고 있는 것들이었지만, 나는 메모를 해 가며 엄마의 설명들을 받아 적었다. 엄마는 신이 난 것처럼 보였다.

"코너링을 할 때는 화물차 머리를 먼저 내밀고…"

엄마는 손을 크게 저어 가며 노하우를 하나씩 알려 주었다. 엄마의 행동에서 생기가 느껴졌다.

화물차에 시동을 걸고서 천천히 엄마의 지시에 따라 행동했다. 브레이크를 밟은 채로 시동을 걸고는 이어서 액셀을 살짝 밟았다. 차가 떨리면서 앞으로 나아가기 시작했다. 엄마가 말했다.

"자, 핸들 들어 올리고."

핸들을 조금씩 들어 올리자, 몸이 떠오르는 것이 느껴졌다. 엑셀을 강하게 밟자 화물차는 빠르게 위로 날아가기 시작했다. 중력이 강하게 느껴지는 와중에도 엄마는 조언을 아끼지 않았다. 몸을 펴고서 숨을 골라야 하며, 조종계 수평을 최대로 유지해야 연료 소모를 아낄 수 있다고 했다. 물론 여름성 대기를 완전히 벗어날 수는 없었다. 엄마에게는 아직 무리였다. 대신 그 경계선에 머물렀다. 무전기에 대고 말했다.

"알파. 안정권 진입. 중력 장치를 활성화하겠다."

버튼을 누르자, 지상에 서 있는 것처럼 몸이 아래에 착하고 붙었다. 엄마를 힐끔 쳐다보았다. 엄마는 숨을 고르고 있었다. 엄마에게 물었다.

"엄마, 괜찮아?"

"응. 정말. 이번에는 안 괜찮으면 바로 말할게."

우리는 여름성 하늘을 날아다녔다. 파랑과 검정이 만나는 곳, 경계선 사이를 오갔다. 수면 근처에서 헤엄을 치는 것 같았다. 언젠가 지구에서도 그럴 수 있을까? 바다에서 수평선을 향해 달려갈 수 있을까? 그러나 내가 있는 곳은 고개를 들면 끝이 없는 우주였고, 아래로 내리면 다이아몬드 비가 내리려는 여름성이었다. 엄마는 시험 운전이 끝날 때까지도 시각 센서를 부릅뜨고는 핸들을 15도 방향으로 유지하거나, 선회할 때 브레이크를 천천히 밟으라는 등 이야기를 했다. 운행은 안정적이었다. 연료 사용량도 일정했고, 흔들림이나 떨림도 없었다. 나는 신이 나서 엄마에게 말했다.

"이대로면 블랙홀 스윙바이도 할 수 있겠어."

그 말에 엄마의 몸이 굳었다. 나는 실수를 한 것 같아 시선을 빠르게 앞으로 돌렸다. 우주 쓰레기들이 트럭을 스쳐 갔다. 인공위성의 파편들과 엄지손가락 크기의 운석 덩어리들, 그리고 운전수가 먹다 버린 플라스틱 생수병 같은 것들이었다. 아름답게만 보였던 풍경들이 순식간에 부비트랩이 가득한 전장이 되었다. 핸들을 잡은 손에 힘이 들어갔다. 저기 멀리, 공허하게 빈 공간이 보였다. 아마도 블랙홀이 있는 곳이리라. 나는 혼잣말을 하듯이 중얼거렸다.

"저것만 아니었어도…"

빛이 몰아치는 주변과는 다르게 죽어 있는 공간 같았다. 엄마는 그곳에 사로잡혔다가 가까스로 벗어난 상태였다. 엄마가 말했다.

"아니야."

나는 엄마를 보았다. 엄마는 블랙홀을 마주 보지 못하고 있었다. 고개를 푹 숙이고서 몸을 떨면서 말했다.

"블랙홀이 우리를 당기듯이 우리도 블랙홀을 당기고 있는 거야."

엄마는 시각 센서를 아주 조금이지만 떠서 나를 보며 말했다.

"오롯이 혼자서 벌어진 일들은 없어."

나는 더 이상 말을 할 수가 없었다. 트럭의 떨림이 심해졌고, 소음이 차 안을 가득 채웠다. 마음을 다잡아야 했다. 밀고 당기고. 모든 존재들이 그러하고 있었다. 나도, 엄마도, 단순히 내 스스로가 다가가는 것이 아니었다. 서로가 서로의 존재를 밀고 당기는 중이었다.

다시 대기권으로 진입하기 시작하자, 다이아몬드들이 트럭을 때려 댔다. 토독토독. 지구에서 내린다는 우박이 그럴까? 나는 보호막을 펴고서 아래로 내달렸다. 트럭은 원을 그리며 지상에 미끄러지듯이 내려앉았다. 땅에 바퀴가 닿자 바람이 강하게 일었다. 주차까지 완벽하게 마치자 절로 신이 났다. 나도 드디어 제대로 운전을 할 수 있었다. 엄마에게 말했다.

"이제 나도 운전할 수 있어!"

엄마는 헬멧을 벗고는 내 머리를 쓰다듬었다. 손길은 부드러웠다. 마음속에서 응어리진 것이 하나 풀린 것 같았다. 엄마가 말했다.

"이제 우리 딸, 혼자서도 잘 살 수 있겠네."

우리는 서로를 바라보았다.

. . .

면허를 따고 나서는 바로 일을 시작했다. 작은 규모 회사라 그런지 화물 적재부터 운송까지 모두 혼자서 해야 했다. 야근은 당연했고, 가끔은 잠도 제대로 자지 못했다. 다행히 블랙홀 스윙바이는 하지 않았다. 내 일은 적재된 화물을 대기권까지만 운송한 후에 대기하고 있는 다른 화물차에 화물을 인계하는 역할이었다. 워낙 꽁꽁 화물들이 포장되어 있어 무슨 화물인지는 알지 못했다. 그래도 월급날만 기다리며 버텼다.

그러나 월급날에는 약속한 금액의 절반조차 들어오지 않았다. 사장을 찾아가 묻자, 할머니와 어머니를 성운 BORD-119에 옮기는 비용을 뺀 것과 더불어 수습이라 그렇다고 했다. 내가 얼굴을 찡그리자, 사장은 마음에 들지 않으면 다른 회사에 가라고 했다. 어쩔 수 없었다. 이미 화물차 대여와 화물 운송 슈트까지 일을 하기 위해 필요한 것들을 구매하기 위해 대출을 받은 상태였다. 다시 한번 계약서를 살펴보니, 퇴사할 시에 어마무시한 이자를 갚는 조항이 작은 글씨로 적혀 있었다.

'엄마에게 미리 물어봤으면…'

집으로 가는 길에 후회했다. 아무리 혼자서 돈을 번다고 해도 아직은 어린 아이에 불과했다. 엄마에게 부담감을 주고 싶지 않았다. 그래도 월급을 받았으니 오랜만에 배터리 팩을 사서 갔다. 돈이 없어 3주 동안 할머니를 켜지 못한 상황이었다. 엄마는 일을 구하기 위해 외출한 상태였다.

나는 불 꺼진 집에 잠시 엎드려 있었다. 온몸이 쑤셨다. 할머니와 대화할 힘도 남아 있지 않았지만, 3주동안 멈춰 있는 할머니는 꼭 죽은 고목처럼 보였다. 안쓰러운 마음에 할머니의 몸체에 배터리를 연결하고는 전원을 켰다. 할머니는 고개를 들면서 말했다.

"달에 갔다 왔어?"

나는 고개를 끄덕였다. 할머니는 내 손을 붙잡고서 덧붙여 물었다.

"어땠어? 사람들 말로는 몸이 막 떠오른다고 하던데."

눈빛이 보이지는 않았지만, 할머니가 달 여행에 관심을 보이는 것 같았다. 나는 몸집을 크게 해서는 과장되게 달과 연결된 우주 엘리베이터와 크기도, 모양도 제각각인 엘리베이터들을 설명했다. 이어서 달의 저중력과 몸에 들러붙는 먼지를 과하게 묘사했다. 웃음이 절로 나왔다. 할머니는 가만히 듣고만 있었다. 그러다 나는 곳곳에 녹이 슨 할머니를 쓸쓸하게 바라보고는 기지개를 켜며 말했다.

"별거 없었어. 애들이 말한 것보다 볼 게 없더라고."

다른 이야기는 하지 않았다. 괜히 할머니에게 걱정을 끼칠 필요는 없어 보였다. 할머니가 말했다.

"그래? 그래도 잘 다녀왔다니 다행이다."

할머니는 안방 쪽을 보며 엄마를 찾았다. 나는 할머니에게 엄마가 외출했다며 상태가 많이 호전됐다고 말했다. 그러자 할머니가 나지막하게 말했다.

"이제 이야기해야겠지?"

나는 고개를 끄덕였다. 조금이라도 빨리 말하는 것이 좋을 것이다. 지난 번 달 사건으로 앞으로 남은 시간이 많다는 것은 내 착각일지도 모른다는 생각을 하게 되었다. 할머니에게 말했다.

"할머니, 내가 소문을 하나 들었는데, 성운 BORD-119에서 인간의 몸을 준다고…"

"됐어."

할머니가 잘라 말했다. 단호했다.

"그게 사실이라고 해도 더 살고 싶은 마음 없어. 전에 말했듯이 이제 네 엄마도 돌아왔으니…"

나는 때가 되었다고 해서 할머니를 보내고 싶지는 않았다. 할머니는 폐가 없으면서도 한숨을 푹 하고 내쉬듯이 말했다.

"그래도 우선 네 엄마한테 말은 할게. 약속했으니까."

나는 고개를 끄덕이고는 할머니에게 물었다.

"언제?"

할머니는 시계를 살피더니 말했다.

"이따 저녁 먹으면서. 시간이 벌써 이렇게 됐네, 국 끓여야겠다."

할머니의 모습은 평소와는 달랐다. 말은 무심하게 했지만, 속으로는 떨리는 모양이었다. 손가락을 가만 두지 못하고 쥐었다 폈다가를 반복했다. 할머니의 뒷모습을 바라보았다. 나도 모르게 할머니를 뒤에서 안았다.

"얘가 왜 이런데?"

차가웠지만 동시에 따스함이 가슴팍에 몰려 들었다.

· · ·

경보가 울렸다. 비가 온다고 했다. 나는 엄마를 데리러 갔다. 지상 버스 운전기사 면접을 보고 온다고 했는데, 결과가 어떨지 궁금했다. 특수 제작된 우산을 펼쳤다. 우산은 머리 위에서 둥근 원반을 펼치더니 투명한 막으로 반경 1미터 정도를 감쌌다. 지속시간은 한 시간 남짓이었다. 엄마는 집 근처 정류장에 몸을 피하고 있었다. 디스플레이 빛이 어두운 것으로 보아 면접에서 또 탈락한 것 같았다.

엄마는 나를 보자마자 웃는 이모티콘을 보였다. 기

운이 조금은 샘솟는 것 같았다. 사람들은 고개를 올려다보며 비가 그치기만을 기다리고 있었다. 나는 엄마에게 우산을 건넸다. 엄마와 함께 정류장을 빠져나와 걸었다. 엄마가 말했다.

"딸 있으니까 좋네. 이렇게 데리러도 와 주고."

"면접은?"

엄마는 옅게 웃으며 고개를 저었다. 나는 황급히 대화 화제를 돌렸다. 나는 엄마가 들고 있는 우산을 가리키며 말했다.

"이거 비싼 거야. 이거 아니었으면 하루 종일 엄마 정류장에 있어야 했어."

엄마가 내 엉덩이를 두드렸다. 나는 놀라서 엉덩이를 뒤로 뺐다.

"그래, 고맙다."

웃음이 나왔다. 바닥에는 다이아몬드가 굴러다니고 있었다. 투툭투툭. 저지대에는 금방 다이아몬드가 쌓였다. 지하에 사는 사람들은 문을 열고는 끌개로 집 안에 들어온 다이아몬드를 퍼냈다. 그 모습을 보던 엄마가 말했다.

"지구에서는 저게 무척이나 귀했대."

빗줄기가 점차 심해지자, 사람들은 다이아몬드를

퍼내는 것을 멈추고는 다른 곳으로 이동하기 시작했다. 다이아몬드는 빠르게 바닥부터 차오르기 시작했다. 나는 하늘을 보며 말했다.

"탄소 덩어리일 뿐인데… 우주에서 가장 흔한 원소가 탄소인데, 인간들이 왜 그랬는지."

엄마가 시선을 내게 돌려 말했다. 엄마와 눈이 마주친 것만 같았다.

"모든 사람에게 모든 것이 똑같을 순 없어."

우리의 존재도 그랬다. 남들이 아무리 문제가 많다고 해도, 혹은 어떤 이들에게는 쓸모가 없다고 해도, 우리는 누군가에겐 꼭 필요한 사람들이었다.

나는 엄마의 팔을 꼭 잡았다. 언젠가는 취업을 할 수 있을 것이다. 취업을 하지 못한다고 해도 함께 살 수는 있을 것이다. 엄마에게 말했다.

"엄마한테 말할 게 있어."

"뭔데?"

"집에 가서 말해 줄게. 기대해."

집에 도착할 즈음에는 비가 점점 그쳐 가고 있었다. 집에 불은 꺼져 있었다. 왠지 모르게 을씨년스러운 분위기가 풍겨 왔다. 가만 보니 창문이 깨져 있었고, 바닥에는 다이아몬드들이 반짝거리고 있었다. 화들짝 놀라 집에 뛰어들어가 불을 켜고 나니 난장판이 된 집이 눈에 들어왔다.

"뭐야?"

할머니가 바닥에 누워 있었다. 무언가 이상했다. 할머니에게 다가갔다. 전원이 꺼져 있었다. 나는 배터리 팩을 연결하고는 전원 버튼을 눌렀다. 그런데, 불이 들어오지 않았다. 당황스러웠다. 몇 번이고 버튼을 눌러 보았지만 작동하지 않았다. 뒤따라온 엄마가 물었다.

"왜? 작동 안 해?"

나는 엄마의 질문에 대답하지 않고서 할머니를 자세히 살폈다. 목 뒤편에 연결 부위가 나이프 같이 날카로운 것으로 잘려져 있었다. 바닥을 보니 발자국들이 보였다. 예전에 집 밖에서 우리를 따라온 불량배 무리가 떠올랐다. 그러나 엄마는 아무렇지 않게 가방을 안방에 내려놓곤 옷을 갈아입으려 했다. 나는 당황해 말을 더듬었다.

"뭐해?"

"그냥 둬. 내일 고치러 가자."

나는 급하게 할머니의 머리 부분에 있는 메모리 칩과 하드 디스크를 빼서 밖으로 내달렸다. 날 붙잡는 엄마의 목소리가 들렸다. 비가 완전히 그치지 않았으나 기다릴 시간은 없었다. 전력이 완전히 끊어진 것이라면 메모리 손실이 있을 수도 있었다. 단 하나의 메모리만 건드려도 전체가 변하는 휴봇 소프트웨어의 특성상 완전한 전력 손실은 치명적이었다.

다이아몬드가 얼굴을 스치고, 발이 날카로운 면에 베여도 멈추지 않았다. 그대로 수리 센터로 달려갔다. 품에는 메모리 칩과 하드 디스크를 꼭 쥐고 있었다. 넘어지지 않으려 안간힘을 썼다. 수리 센터에 도착해서는 바로 선반 위에 둘을 늘어놓았다. 직원에게 말했다.

"전력이 오랫동안 끊어졌어요. 얼른 칩 이식 수술해 주세요."

직원들은 빠르게 움직였다. 직원 중 하나가 다른 쪽 방으로 둘을 가지고 갔다. 책상 옆에 놓여 있는 전신 거울을 보았다. 얼굴을 비롯해 몸과 발에 피가 나고 있었다. 그때 문이 열리며 엄마가 따라 들어왔다. 엄마는 내 모습을 보며 화를 냈다.

"왜 그래? 밖에 비도 오는데, 우산은 써야지."

거친 숨을 몰아쉬느라 대답할 힘이 없었다. 직원이 손수건과 함께 종이 한 장을 내게 건넸다. 직원이 말했다.

"바쁘신데 죄송합니다. 알려 드릴 게 있어서요. 우선 진단해 보니 메모리 칩을 바꿔야 합니다."

나는 직원에게 물었다.

"그러면 복구할 수 있나요?"

"해 봐야 알아요. 전력이 끊긴 지 오래된 데다가 메모리 칩이 구버전이라 데드셀이 많아서 어려울 수도 있어요."

"빨리 해 주세요."

직원은 난처한 표정을 짓더니 말했다.

"그런데 이식할 메모리 칩을 준비해야 하는데 그게 비용이…"

그제야 직원이 건넨 종이가 눈에 들어왔다. 청구서였다. 누군가의 장난인지 메모리 칩 준비 비용은 정확히 할머니를 BORD-119에 보낼 비용과 같았다. 선뜻 해 달라는 말이 나오지가 않았다. 듣고 있던 엄마가 어깨 너머로 종이를 보더니 나를 밖으로 잡아끌려 했다.

"나중에 다시 올게요."

나는 거칠게 엄마 손을 뿌리쳤다. 엄마는 내게 물었다.

"어쩌려고? 그냥 가정용 로봇이라며. 왜 그래?"

나는 직원을 붙잡고서 말했다.

"해 주세요."

할머니에게 미안했다. 어디까지나 엄마가 돌아왔다고 해서, 할머니에게 너무 신경을 쓰지 못했다. 그간 나를 키운 사람은 할머니였다. 조금만 더 신경을 썼더라면.

'왜 항상 나는 잃고 나서야 아는 걸까?'

엄마든, 아빠든, 할머니든, 사건이 벌어지고 나서야 내 잘못을 깨달았다. 솟구치는 감정들을, 그것들이 가져다주는 결과들을 미리 알았더라면 괜찮지 않았을까? 아니면 내가 조금 더 조심했더라면? 예전에 할머니를 밖으로 데려가지 않고 집에 두었더라면? 후회하고 또 후회했다. 엄마가 버럭 화를 냈다.

"너, 돈 있어? 저 돈으로 그깟 가정용 로봇 메모리 복원해서 어쩌려고?"

나는 엄마를 노려보았다. 그깟 로봇이 아니었다. 엄마는 돈을 어디서 구할 것이냐 물으면서, 돈을 아껴야 한다는 말을 반복했다. 내가 대꾸하지 않자, 엄마는 지금이라도 메모리 칩 복구를 멈출 것이라며 직원 쪽으로 다가가려 했다. 그런데 그 순간, 바로 직원

이 수리실에서 걸어 나오더니 내 쪽으로 왔다. 그는
나와 엄마를 번갈아 보다가 나에게 말했다.

"전원이 끊긴 지 오래된 데다가 메모리 칩도 오래
돼서 복구가 어렵습니다…"

하늘이 무너지는 것만 같았다. 나는 바닥에 주저앉
았다. 이렇게 어이없게 할머니를 떠나보내다니. 할머
니는 이제 돌아올 수가 없었다. 직원은 내게 할머니
의 칩을 건넸다. 오래돼서 기름때가 끼여 있었다. 혹
시나 뚝 하고 부러질까 봐 닦아 주지도 못했다. 나는
멍하니 할머니의 칩을 받아 들고서는 한동안 자리에
앉아 있었다.

직원은 그런 나를 보고는 자기 자리로 돌아가더니
무언가를 적기 시작했다. 엄마는 나를 일으키기 위해
애를 썼다. 직원이 다가와 내게 메모지 하나를 건넸
다. 그가 말했다.

"이거, 마지막으로 남겨 놓으신 메시지예요."

나는 떨리는 목소리로 대답했다.

"메시지라니…"

"이렇게 되실 줄 알고 미리 대비해서 저장해 놓으
신 것 같아요."

일종의 유서였다. 나는 떨리는 손으로 쪽지를 받았

다. 빠르게 휘갈겨 써서 그런지, 글자를 알아보기가 어려웠다. 그가 내게 쪽지를 건네고는 돌아서려 했다. 나는 그의 소매를 붙잡았다. 그가 뒤돌아서서 나를 내려다보았다.

"혹시 추가금은…"

물론 그가 요구한다고 해서 줄 수는 없었다. 이미 예산을 초과한 상황이었다. 다만, 선의에 대한 마지막 남은 양심이라 해야 할까. 메모리 칩에 담긴 할머니가 듣고 있는 것만 같았다. 그러나 그는 괜찮다고 말하고는 돌아섰다. 나는 멍하니 메시지를 반복해서 읽고는 손에 꼭 쥐었다. 엄마가 화를 냈다.

"너, 대체 왜 그래?"

내가 대답하지 않자 엄마는 한숨을 크게 내쉬고는 제풀에 나가떨어지고야 말았다.

· · ·

경찰에 신고했으나, 그들은 이 일을 시답잖게 여겼다. 단지 휴봇이라는 이유 때문이었다. 나는 어이가 없었으나, 그들이 보이는 시큰둥한 태도에 무력감을 느낄 뿐이었다. 더 비싼 몸체를 쓰지 그랬냐, 백업 시스템을 마련하지 그랬냐 등 그들은 우리가 잘못했는 식으로 말했다.

　결국, 모든 것을 포기하고 집으로 갔다. 집에 도착할 때까지 엄마와는 한마디도 하지 않았다. 아무리 엄마가 내게 말을 걸어도 나는 대답하지 않았다. 나는 엄마와 멀찍이 떨어져서는 메시지를 가만히 보았다. 메시지는 할머니가 쓰러진 직후 자신의 죽음을 예견하고 생각한 것 같았다.

　1. 내 몸을 팔 것
　2. 복수하지 말 것
　3. 슬퍼하지 말 것

　단편적인 문장들의 나열이었다. 딱딱한 문장들이었지만, 나는 그곳에서 할머니를 읽어 낼 수가 있었다. 아무리 기계식 목소리에, 차가운 피부를 가지고 있다 하더라도 우리는 이야기를 나눌 수가 있었다. 그 사실을 지독하게 깨닫고야 마는 순간이었다.

　'나는 왜 할머니를 할머니로 바라보지 못했을까?'

　집에 돌아와 바닥에 널브러진 할머니의 몸을 보았다. 작고 연약했다. 아무리 휴봇이라고 해도 물질로 만들어진 이상 교체가 가능할 뿐, 사람의 몸처럼 망가진다는 점은 같았다. 엄마를 바라보았다. 미세하게 머리 부분에서 기계 도는 소리가 들려왔다. 엄마는 할머니의 몸체 앞에 쭈그려 앉았다. 나는 엄마를 향해 조심스럽게 손을 뻗었다가 말았다. 금방이라도 엄마가 할머니처럼 부서질 것만 같았다.

분명 할머니는 자기 몸을 팔라고 했다. 팔아서 생활에 보태라는 뜻이었다. 그러나 나는 할머니의 몸에 도저히 손을 대지 못했다. 저 철덩어리를 단순히 몸을 바꾸는 하나의 도구라 생각해야 했지만 잘 되지 않았다. 그러나 엄마는 달랐다. 홀로그램 기기를 들더니 어딘가로 전화를 걸었다. 엄마가 말했다.

"여기, 기계 몸체를 하나 팔려고 하는데요."

나는 엄마를 막으려 했다. 그러나 엄마는 몸을 비틀며 말을 계속하려 했다. 내가 소리를 버럭 지르고 나서야 엄마는 전화를 끊었다. 내가 말했다.

"엄마는 정도 없어? 어떻게 바로 그래?"

엄마는 홀로그램 기기를 스피커에서 멀리 떨어뜨리고는 말했다.

"이제 말해 봐. 왜 그래?"

내가 말을 하지 않으려 하자, 엄마는 다시 부품상에 전화를 걸려고 했다. 그제야 나는 할머니 몸체를 손가락으로 가리키고는 얼굴을 감싼 채로 말했다.

"할머니야."

도저히 엄마를 볼 용기가 나지 않았다. 뿐만 아니라 바닥에 쓰러진 할머니의 몸체도. 무서웠다. 엄마가 내게 무슨 말을 할지 알 수 없었다. 불현듯 불안감이 닥쳐왔다.

'엄마도 이러면 그땐 어떻게 하지?'

나 역시도 정상적인 상태는 아니었다. 내 머릿속에는 엄마를 어떻게든 어서 빨리 BORD-119에 보내야겠다는 생각만이 가득했다. 엄마의 날카로운 질문이 날아들기 전에 나는 서둘러 짐을 싸려 했다.

"그래도 엄마는 달라. 엄마, 성운 BORD-119에서는 휴봇에 육체를 준대. 거기에만 가면, 엄마는 육체를 얻을 수 있어…"

하늘이 번쩍거렸다. 순간적으로 고개가 확 하고 돌았고, 이어서 뺨이 얼얼해졌다. 엄마는 씩씩거리고 있었다. 엄마가 말했다.

"차라리 날 구하지 말지."

나는 뺨을 감싸 쥐고서 엄마에게 말했다.

"나는 엄마를 위해서 그랬는데…"

엄마가 날카롭게 말했다.

"사실대로 말해."

엄마에게 모든 것을 말했다. 엄마가 절대 안정을 취해야 한다는 의사의 조언부터 엄마에게 절대 자신이 휴봇임을 말하지 않겠다던 할머니의 결정까지. 목소리가 떨렸다. 할머니가 전뇌화 수술을 결심했던 순간을 설명하면서는 눈물이 쏟아졌다. 엄마에게 말했다.

"숨겨서 미안해. 정말로. 그런데 난 이유가 있잖아. 엄마를 위해서였어. 엄마가 혹시나 충격 받아서 메모리에 문제가 생길까봐…"

엄마는 조용히 듣고만 있었다. 내가 말을 마치자, 엄마가 천천히 말을 시작했다.

"다 말했어? 너, 진짜. 네가 나한테 무슨 짓을 한지 알아? 너처럼 나한테도 엄마가 있어. 난 내 엄마를 옆에 두고도 왜 여태 몰랐던 거야?"

엄마의 디스플레이에 화가 난 이모티콘이 떠올랐다. 그러나 도저히 그 이모티콘들에는 적응을 할 수가 없었다. 어떤 감정이 담겨 있다기보다 장난을 치고 있는 것 같았다. 엄마는 토해 내듯이 말했다.

"나도 엄마 보고 싶어!"

나는 그 모습을 가만히 보고 있을 수는 없었다.

"엄마, 엄마도 말 안 해 주잖아."

나는 울음이 터져 나오는 것을 막지 못했다. 눈물이 가득한 목소리로 말했다.

"아빠, 아빠는 어딨어? 왜 나한테 이야기 안 해 주는데? 이유가 있을 거 아니야?"

엄마는 나를 똑바로 바라보았다. 왜 그러냐는 표정의 이모티콘을 디스플레이에 띄우고 있었다. 엄마는 무슨 말을 하고 싶은 걸까? 엄마에게 속마음을 쏟아냈다.

"나한테 왜 이래? 내가 뭘 잘못했어? 내가 잘못한 거야? 대답 좀 해 봐."

엄마는 관자놀이였던 부분을 지그시 눌렀다. 내가 귀찮은 걸까? 나는 벽에다 말하는 것 같은 기분을 느꼈다.

"얼마 전에는 엄마도, 아빠도 모두 죽었다고 마음을 먹었어. 그냥 엄마, 아빠가 떠난 그날 좋은 기억 속에 둘을 추억으로 남겨 두려 했어."

사방이 적막했으나 상관하지 않았다. 옆집에서 부모님 없는 아이라며 수군거리는 것도 이제 신경 쓰기 싫었다. 보란 듯이 그들에게 말해 주고 싶었다. 다시 말을 꺼냈다.

"지난 15년 동안 엄마를 찾아다녔어. 엄마가 실종된 직후 석 달 동안은 매일 구조대에 갔어. 하루도 빠짐없이. 그런데도 엄마는 나타나지 않았어."

엄마는 나를 쳐다보았다. 당장 제발 아니라고. 엄마도 나를 보고 싶었으며, 엄마도 나를 찾았다고 말해 줬으면 했다. 그러나 엄마는 침묵했다.

"15년 만이야. 엄마, 15년. 15년 동안 찾아다니다가 겨우 이렇게 만났어. 그런데 만나서도 오랫동안 기다렸어. 엄마를 위해서 말이야. 그런 나한테 15년 전에 일어났던 사실 하나 말해 주는 게, 그게 어려워?"

엄마의 출력 모니터가 눈에 들어왔다. 점차 붉어지고 있었다. 곧 문제가 생길 것만 같았다. 나는 그 모습을 보고는 고개를 돌려 버렸다. 말할 힘도 나지 않았다. 내일이면 괜찮아질까? 도대체 무엇이 우리를 여기까지 이끈 걸까. 모든 것을 포기하는 심정으로 엄마에게 말했다.

"그럼 말 안 해도 되니까, 엄마, 일단 여기서 떠나자. BORD-119로 가자."

엄마가 조심스럽게 물었다.

"왜?"

"내가 말했잖아. 거기 가면 몸을 얻을 수 있대. 몸

을 얻으면…"

엄마는 잔인하게 내 말을 잘랐다.

"돈은?"

나는 엄마 손을 덥썩 잡고서 말했다.

"돈은 생각 말고. 엄마, 할머니 봤잖아. 나 엄마가 저렇게 될까 봐 무서워."

엄마는 내 질문에 끝내 답하지 않았다. 나는 소리를 질렀다.

"엄마를 또 잃고 싶지 않아!"

답답해서 가슴을 쳤다. 차라리 대화를 하지 않는 편이 좋은 것 같았다. 엄마를 설득할 수는 없었다. 나는 숨을 고르고 엄마에게 말했다.

"대답 안 해도 괜찮아. 난 꼭 엄마를 구할 거야."

엄마는 격하게 고개를 저었다.

"그만 해. 제발, 널 희생하면서까지…"

이어진 말들은 말해서는 안 됐다. 입술에 피가 나도 입을 다물고는 말하지 않아야 했다. 그러나 나는 말했다.

"차라리, 내 눈 앞에 나타나지 말지…"

나는 엄마의 턱 밑에 손을 넣고서 전원을 껐다. 어쩔 수 없었다. 엄마는 나를 절대 이해하지 못할 것이었다. 엄마의 몸이 축 늘어졌다. 나는 한동안 숨죽여 울었다.

다시 우리는 저만치 멀어진 것만 같았다.

오해의 끈

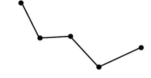

　할머니의 몸은 헐값에 팔렸다. 전력이 끊긴 지 오래돼 신경 부위가 모두 비활성화되어 고철에 가까운 상태였다. 나는 할머니 몸을 수거하러 온 부품상에게 푼돈을 받고서 몸을 넘겼다. 밖으로 나가 할머니 가는 길을 배웅했다. 화물칸에는 다른 휴봇 부품들을 비롯해, 찌그러진 캔, 철제 난간 등 금속 덩어리들이 한데 섞여 있었다. 나는 트럭이 눈에 보이지 않을 때까지 가만히 현관에 서 있었다.

　엄마는 전원이 꺼진 상태로 거실 소파에 앉아 있었다. 가까워지던 두 천체가 서로를 스쳐 지나면서 더욱 멀리 달아난 것처럼 우리는 처음보다 더 멀어지고야 말았다. 엄마에 대한 나의 걱정 역시 더욱 커졌다. 할머니를 잃은 후, 나는 창문에 걸쇠를 달아 잠갔고, 출근하기 직전 주변을 돌며 수상한 사람이 있는가 확인했다. 그러나 그것들이 궁극적인 해결책이 될 수는 없었다.

무엇보다 엄마라도 휴봇에서 벗어나기를 원했다. 휴봇에 대한 혐오가 피부로 느껴질 정도였다. 엄마를 찾지 않는 달 여행사 직원들과, 할머니를 습격한 사건들, 시큰둥한 경찰들의 반응 속에서 느낀 이 무기력함에서 제발 벗어나고 싶었다.

우선 가불을 받아 집에 경비 업체를 부르기로 했다. 엄마가 BORD-119로 떠나기 전까지 엄마를 보호할 수 있는 가장 확실한 방법이 아닐까 싶었다. 그러자 사장님은 가불을 해주는 조건으로 새벽부터 밤까지 운행을 하는 스케줄표를 내게 내밀었다. 나는 군말 없이 스케줄표를 받아들였다.

· · ·

그날 운행을 마치고서 집으로 들어가서는 짐을 쌌다. 한동안 집에 들어오지 못할 것이었다. 엄마는 여

전히 소파에 전원이 꺼진 상태로 누워 있었다. 나는
가만히 엄마를 보다가 큰 가방을 열어 놓고는 닥치는
대로 짐을 쌌다. DVD들을 가져가려다가 결국 포기했
다. 하루 벌어 먹고 살기도 힘든 마당에 내겐 아무런
의미가 없는 것들이었다.

혹시나 하는 생각에 냉장고를 열어보니 할머니가
만들어 놓은 음식이 있었다. 떡볶이였다. 오래됐는지
떡끼리 말라붙어 있었다. 아무리 물을 부어 떼려고 해
도 떨어지지 않을 것만 같았다. 엄마가 처음 집에 왔
을 때, 할머니가 했던 말들이 떠올랐다.

'드디어 왔구나. 어떻게 반응할까? 은하, 넌 괜찮다
고 하지만, 정말 괜찮을까? 괜히 내가 짐이 되는 게 아
닐까? 내가 할 수 있는 거라고는 좋아하던 음식을 만
드는 것뿐인데. 둘이서 맛있게 먹었으면.'

엄마를 보았다. 엄마가 진심으로 미웠다. 계속 전
원을 꺼 두고 싶었지만, 그랬다간 밥을 먹지 않아 큰
일이 날 수도 있었다. 세 시간 뒤에 켜지도록 전원 타
이머를 설정하고는 집을 나섰다.

캐리어를 끌고서 길을 걸었다. 그러다 다 무너져
가는 집이 보였다. 형태의 집이었다. 형태를 만났다가
회사에 갈까 싶었지만, 연락조차 오지 않은 상황이었

다. 나는 밑져야 본전이라는 식으로 형태에게 전화를 걸었다. 오래도록 전화 벨소리가 들렸다. 끊으려는 순간, 마침 익숙한 목소리가 들려왔다.

"여보세요?"

나는 떨리는 목소리로 말을 꺼냈다.

"어, 형태야. 나야. 은하."

형태의 목소리는 떨리고 있었다. 미처 예상하지 못한 것 같았다.

"어, 그래. 무슨 일이야?"

순간적으로 끊고 싶다는 충동이 들었다. 그러나 용기를 내어 천천히 말을 이었다.

"괜찮아? 한동안 연락이 없길래…"

잠시 의지할 곳이 필요했다. 숙소나 돈이 필요한 것이 아니라 사람이 필요했다. 아니, 내게는 형태가 필요했다. 그러나 직접적으로 말할 수는 없었다. 형태에게 큰 죄를 지은 것만 같은 기분이었다. 형태가 부디 전처럼 묻지 않고 가만히 들어 줬으면 했다. 형태는 잠시 침묵하다가 말했다.

"사실, 마음이 상하지 않은 건 아니야. 그런데 그거 때문에 연락 안 한 건 아니야. 미안해. 미리 말하려 했는데, 지금 나 우주 여행 중이거든."

나는 다소 놀라서 되물었다.

"우주 여행?"

"회사에서 잘리자마자 우주로 나왔어."

"어디에 가려고?"

"우선 BORD-119에 가 볼 생각이야. 헛된 망상일 수도 있어. 휴봇들의 몸을 복원할 수 있는 기술이 그들에게 있다고 들었잖아. 난 멈추지 않을 거야. 거기에 가서 동생을 위해서 방법을 찾아볼 거야."

형태의 목소리에서는 결연한 의지가 느껴졌다. 내가 도울 수 없는 그런 종류의 일들이었다. 형태는 한 톤 높아진 목소리로 이어 말했다. 목소리에서 왠지 반짝임이 느껴졌다.

"그리고 지구에 갈 거야. 지구에서 SF 영화를 꼭 찍을 거야."

나는 형태에게 내 옆에 있어 달라, 말하고 싶었다. 진이 아주머니를 떠나보내기 전처럼. 그리고 블랙홀로 나아가려던 엄마, 아빠의 옷자락을 붙잡았을 때처럼.

'왜? 모든 것들은 나를 떠나갈까?'

그런 의문에 대답하듯 형태는 나를 이해시키려 했다.

"네가 서운해 할 수도 있겠다는 걸 알아. 그런데 이렇게 멈춰 있을 수는 없어. 누구든 움직여야 뭐라도 바뀌어."

나는 애써 서운한 마음을 억누르며 말했다.

"동생은?"

형태는 다소 서글픈 목소리로 대답했다.

"부모님이 돌아오셨어. 휴봇이 됐으니까 굳이 거기서 돈을 벌어 오실 필요가 없어졌거든. 그래서 부모님은 나한테 내 삶을 살라고 했어."

"잘됐네. 다행이다."

마음에도 없는 말이었다. 세상에서 친구 하나가 사라진 것만 같았다. 유일하게 내가 의지하고, 함께할 수 있는 친구 말이다. 형태가 말했다.

"응. 지금은 돈이 없어서 전화비도 잘 못 내지만…"

올 것만 같았다. 우는 모습을 보이기 싫어 나는 급히 전화를 끊으려 했다. 형태가 말했다.

"조금만 기다려 줘. 꼭 다시 만날 수 있을 거야."

나는 일부러 밝게 대답했다.

"그러겠지? 그거 하나만 알아 둬. 세상에서 어느 하나만 움직이는 건 아니야. 우리는 서로를 끌어당기고 있으니까…"

말 끝을 흐렸다. 우리 둘은 잠시 아무 말도 하지 않다가 말했다.

"잘 있어."

"응, 너도."

그렇게 전화는 끊어졌다. 나는 가만히 하늘을 올려다 보았다. 저기 어딘가에 형태가 있겠지.

알림 소리가 들렸다. 홀로그램 기기를 열어보니 형태는 메시지로 마지막으로 내게 책을 한 권 선물로 건넸다. 《은하수를 여행하는 히치하이커를 위한 안내서》였다. 형태는 예전에 그 같은 삶을 살고 싶다고 했다. 이 드넓은 우주를 돌아다니면서 다양한 사람과 자연을 목격하고 싶다고 했다. 진이 아주머니도 함께 떠올랐다.

'나도 떠날 수 있을까?'

벽에 기대서는 쭈그려 앉아 울었다.

생각이 많아지는 밤이었다.

블랙홀

　자연스럽게 화물차에서 먹고 자는 생활을 반복
했다. 엄마가 밉긴 했지만, 또 가족을 잃을 수는 없었
다. 내가 할 수 있는 일이라고는 화물차를 모는 것뿐
이었다. 돈을 모으고 또 모아서 엄마를 BORD-119에
데려가면 엄마가 내 마음을 알아줄까 싶었다.

　어느날, 차에 정확히 뭐가 실리는지 모르다가 어쩌
면 화물이 아닐 수도 있겠다는 생각이 문득 스쳤다.
항상 한밤중, 정해진 시간에 인적이 드문 공터에 차
를 대고 있으면 검은 승용차 몇 대가 다가와 트럭에
다 무언가를 실었다.

엄마는 내게 매일 전화를 거는 것도 모자라서 우리 회사에 찾아왔지만, 그때마다 무시했다. 쉬는 시간이면 일부러 남의 운행까지 뛰었다. 몸 상태는 점점 나빠졌다. 체중은 빠르게 줄었고, 머리도 빠지기 시작했다. 자포자기였다. 차라리 이 모습을 엄마가 보았으면 했다. 머리를 단발로 잘랐다. 찰랑거리는 머리가 어색했지만 언제 이런 머리를 해 보겠는가 싶었다.

삶에서 색이 빠져 버린 듯한 느낌이었다. 하늘에서 찬란하게 빛나는 다이아몬드 구름들을 보아도, 어둠 속에서 밝게 빛나는 은하들로 가득 들어찬 우주를 보아도 감흥이 없었다. 여름성과 우주의 경계를 수없이 돌아다녔으나 전처럼 가슴이 벅차지 않았다. 내 머릿속에는 오직 한 가지 말만이 떠올랐다.

'왜 나를 낳았어?'

엄마를 다시 만난다고 해서 묻지는 않을 것이다. 속에 감춰진 이야기도 제대로 해 주지 않을 텐데, 굳이 만나서 무얼 하나 싶었다. 차라리 돌아오지 않았더라면. 그저 추억으로, 돌아오지 않고서 그대로 남아 주었더라면. 이렇게까지 멀어지지는 않았을 텐데. 아니, 차라리 나를 낳지 않았더라면 어땠을까? 엄마, 아빠가 나를 위해서 그렇게 오래 일을 할 필요도 없었

을 것이다. 어쩌면 사고 당일에 운행을 나갈 필요조
차도 없었을 것이다.

날마다 밖으로 나가서 화물차를 점검했다. 물류 센
터에서 본 적 있는 예전 모델이었다. 회사는 다른 사
업장에서 오래되어 폐기될 화물차를 싼값에 사 와 운
행에 투입했다. 시동을 걸면 금방이라도 터질 것처럼
차체가 떨려 왔다. 이어서 액셀을 밟으면 철이 찢어
지는 듯한 소리가 들려오면서 급격하게 몸이 앞으로
쏠렸다. 처음에는 불안했으나, 시간이 지날수록 적응
이 되었다.

내 화물차 겉에는 오래된 코카콜라 광고가 붙어 있
었다. 북극곰이 병 콜라를 마시는 모습이 가로로 길
게 그려져 있었다. 광고를 제거하라는 사장님 지시로
온종일 가위와 칼로 화물차 겉을 긁어냈으나 군데군
데 흔적이 남아 있었다. 결국, 흰 페인트로 화물차 전
체를 덮어야만 했다.

가만히 주차된 화물차를 바라 보다가 홀로그램 기
기를 켜서 화물차 한쪽 면에 그림을 띄웠다. 그러고
는 페인트를 이용해서 그림을 그렸다. 북극곰이 썰매
를 타고서 지구 곳곳을 돌아다니는 그림이었다. 북쪽
에는 빙하가 떠다니는 북극, 그 바로 아래에는 초원

이 펼쳐진 툰드라, 중심부에는 사막과 열대 우림, 그리고 남부에는 푸른 바다를 그렸다. 나는 그림 앞에 쪼그려 앉았다. 괜히 흰 페인트로 모든 것을 지워 버리고 싶은 충동이 들었다. 흰 페인트를 들고서 그림을 지우려 하는데, 누군가를 나를 불렀다.

"은하야."

어떻게 들어왔는지 엄마가 나를 기다리고 있었다. 엄마는 내 쪽으로 걸어오더니 화물차를 보았다. 엄마는 화물차에 그려진 그림들을 천천히 살폈다.

"네가 그린 거야?"

나는 곧장 흰 페인트를 화물차에 뿌려 버렸다. 그림은 순식간에 사라져 버렸다. 엄마에게 그 어떤 것도 보여 주고 싶지 않았다. 엄마가 말했다.

"은하야. 엄마가 미안해. 우리 말 좀 해."

나는 멈추지 않고서 그대로 엄마를 지나쳤다. 엄마는 나를 따라오며 말을 걸었다.

"은하야, 은하야!"

화물차에 올라타서는 시동을 걸었다. 엄마는 창문을 치며 무언가를 말하려고 했다. 나는 창문을 열고서 말했다.

"비켜."

엄마가 말했다.

"미안해. 정말. 엄마 말 좀 들어 봐."

"아빠, 어딨어?"

잠시 엄마의 대답을 기다렸다. 역시나 돌아오는 대답은 없었다. 나는 건조하게 물었다.

"아빠 죽었어? 혹시, 엄마가 죽였어?"

그 말을 들은 엄마는 디스플레이를 손바닥으로 문질렀다. 속이 무너지는 것만 같았다. 금방이라도 울음이 터져 나올 것 같았다. 그러나 엄마 앞에서 울고 싶지는 않았다. 나는 창문을 거칠게 올렸다. 엄마가 문을 두드렸다.

"엄마가 설명할게. 은하야!"

나는 싸늘한 시선을 엄마에게 보냈다.

"차라리 아빠가 돌아왔으면 좋았을 텐데."

나는 그대로 엑셀을 밟았다. 화물차가 천천히 움직이기 시작했다. 무전기를 들고서 말했다.

"외부인이 플랫폼에 있다. 빠른 조치 바란다."

화물차가 움직이는 동안 엄마는 계속해서 나를 따라왔다. 내 주머니에서 열쇠가 달그락거렸다. 엄마가 주었던 로켓이 달린 열쇠였다. 나는 옆을 보지 않으려 눈을 억지로 앞을 향해 돌렸다. 이윽고 엄마는 경비 휴봇에게 붙잡혔다. 나는 사이드 미러로 그 모습을 흘겨보았다. 액셀을 밟을수록 엄마는 점점 점이 되어 갔다.

· · ·

시키는 일은 무슨 일이든 상관하지 않았다. 엄마에게 BORD-119에 갈 돈을 주고서, 나는 여름성을 떠날 생각이었다.

그러다 일이 하나 들어왔다. 사장이 지시한 일이 아니라 나와 함께 일하는 다른 선배가 부탁한 일이었다. 화물 하나를 추가로 적재하여 블랙홀 스윙바이를 해서 DX377까지 가는 장거리 운송이었다. 이제까지 블랙홀 스윙바이를 해 본 적은 없었지만, 나는 하겠다고 했다. 선배가 경고했다.

"운이 나쁘면 블랙홀에 빨려 들어갈 수도 있어."

나는 내 사인이 포함된 운행 계약서를 선배에게 들이밀며 말했다.

"그럼 어쩔 수 없죠."

선배는 나를 이상한 눈빛으로 바라보았다. 아무렴 그럴 만했다. 그때 나는 엄마에 대한 원망으로 가득했다. 내가 어떻게 되리라는 것보다 엄마를 위하는 내 마음을 엄마가 이해하지 못하고 오히려 화를 내는 것을 이해할 수가 없었다. 반항심이 솟구쳐 올랐다. 그런 내밀한 사정을 모르는 선배는 내 서명이 적힌 운행 계약서를 들고서 그저 고개를 끄덕일 따름이었다.

선배는 어딘가로 전화를 걸었다. 누군가 전화를 받았고, 선배는 상대를 볼 수 없었음에도 고개를 숙이며 응대했다. 전화를 끊은 선배가 운행이 당장 오늘 밤에 있다고 했다. 내가 바로 알겠다고 말하자, 선배가 자세한 지시 사항은 이따 밤에 무전으로 알려 준다고 했다.

그날 밤 운전석에 앉아 홀로그램 기기를 확인했다. 엄마를 성운 BORD-119로 보내기 위한 서류들이 준비되어 있었다. 알람 소리에 나는 기기를 닫고서 무전을 받았다. 들려온 목소리는 이제껏 들은 적 없이 낮고 음험했다. 목소리는 위치 기록 장치를 끄고서 내게 화물 적재를 위해 창고가 아니라 공터 쪽으로 가라고 지시했다. 위치 기록 장치를 끄는 동안 다른 채널에서 무전이 들려왔다. 선배였다.

"은하야. 누가 찾아오셨는데?"

"누군데요?"

말소리가 들렸고, 선배가 끙, 하는 소리를 내며 말

했다.

"네 어머니."

"돌아가라고 해요."

"계속 너 좀 보자고 그러시잖냐."

내가 대답하지 않자, 선배는 짜증 섞인 목소리로
말을 이었다.

"아니, 계속 한 번만 보게 해 달라시는데?"

"한 번만 더 말하면 달에다 화물차 그대로 박아 버
릴 테니까, 그만 해요."

그렇게 말하고는 시동을 걸었다. 공터로 가 보니
검은 옷을 입은 두 사람이 보였다. 둘은 화물차에 무
언가를 실어 놓고는 한동안 주변을 서성였다. 화물차
가 출발할 때까지 둘은 자리를 떠나지 않았다. 무엇을
적재하는지는 알 수 없었으나, 나와는 상관없었다. 일
이 잘못된다고 해도 이제 미련은 없었다. 알림이 울렸
다. 계좌를 열고서 통장 잔고를 확인했다. 적지 않은
돈이 쌓여 있었다. 이 돈으로 할 일은 이미 정해져 있
었다. 나는 곧장 모든 돈을 구조대에 송금했다.

아빠를 찾아 줬으면 했다.

엄마를 생각하느라, 아빠에 대해서는 또 잊고 있었
다. 아빠는 여전히 사건의 지평선에 갇혀 있었고, 구

조 가능성은 아득했다. 엄마에 대한 원망이 밀물처럼 밀려왔다. 엄마는 왜 아빠에 대해서 말해 주지 않는 걸까? 진작 말해 주었더라면 이런 일도 벌어지지 않았을 텐데. 그때 무전이 들려왔다.

"알파. 랑그랑주 포인트로."

당황스러웠다. 나는 무전을 잡고서 물었다.

"DX377이 아니라?"

"알파. 두 번 말하지 않겠다. 랑그랑주 포인트로."

화물차를 몰고서 활주로에 섰다. 액셀을 밟으려 하는데, 정문 쪽이 시끄러운 것을 보았다. 눈을 크게 뜨고서 보았다. 누군가 활주로 안으로 들어오려고 하고 있었다. 우당탕하며 서로 밀고 당기는 듯한 소리가 들려왔다. 무전이 들려왔다.

"알파. 정신 차려."

나는 액셀을 밟았다. 화물차가 서서히 나아가기 시작했다. 그 순간, 정문이 활짝 열리더니 경찰차들이 활주로로 쏟아지기 시작했다. 마치 나를 잡으러 온 것처럼 보였다. 나는 상황을 이해할 수 없었다. 차들이 트럭을 쫓아와 길을 막으려 했다. 그러나 무전은 멈추지 않았다.

"무시하고 가!"

차들이 화물차에 바짝 붙어 섰다. 내가 멈추지 않자 그들은 내게 화물차를 세우라고 했다. 나는 속도를 오히려 높이며 무전을 들고서 말했다.

"돈."

"뭐?"

"돈 더 줘. 두 배로."

목소리는 잠시 침묵했다. 내가 브레이크 쪽에 발을 올리려 하자, '알겠다.'는 무전이 들려왔다. 나는 엄마의 계좌를 알려 주고는 그곳으로 남은 돈을 송금하라고 했다. 내가 속도를 줄이지 않자, 차들이 화물차에 부딪히기 시작했다. 진동이 느껴졌으나, 화물차는 멈추지 않았다. 내가 빠르게 핸들을 옆으로 꺾자, 차들이 튕겨져 나갔다. 점점 활주로의 끝이 보였다. 차들이 방해를 해서 그런지 비행을 위한 최소 속도에는 도달하지 못했다.

'이대로는.'

그러나 멈출 수는 없었다. 내 옆에 붙어 있던 차들은 벽을 보고서 핸들을 크게 틀었으나, 나는 액셀을 더 밟았다. 벽이 다가오는 순간 화물차가 떠올랐다. 아래가 흔들리며 무언가 뜯겨져 나가는 소리가 들려왔으나, 화물차는 대기권을 뚫고서 안정적으로 나아갔다.

다행히 경찰이 쫓아오지는 않았다. 랑그랑주 포인트에 도착하기 직전에 화물차를 멈추었다. 생명유지장치를 제외한 모든 전원을 껐다. 나는 무전을 기다렸다. 무전이 들려왔다.

"화물, 블랙홀에 버리고 복귀해."

나는 곧장 무전을 잡아들고서 물었다.

"무슨 말이야?"

수화기 너머의 그는 잠시 침묵하다가 말했다.

"화물 블랙홀에 버리라고."

"그게 무슨 말이야? 그럼 왜 여기까지 온 건데?"

대답이 없었다. 이상한 느낌이 들었다. 운전석에서 일어나 뒤쪽으로 갔다. 화물칸 문을 열고서 들어가기 직전에 무전이 들려왔다.

"안 버리면 너도 죽어."

나는 화물차 문을 열었다. 그 광경을 보고서 입을 다물지 못했다.

· · ·

"죄송해요."

화물칸에는 휴봇 둘이 있었다. 몸집도 작은 것이

어린아이처럼 보였다. 휴봇 하나는 다른 하나를 안고 있었다. 안겨 있던 휴봇의 전원은 끊어져 있었다. 나는 아이에게 물었다.

"어디로 가?"

아이는 주저하며 눈치를 보았다. 내가 빤히 쳐다보자, 마침내 아이가 말했다.

"BORD-119에요."

머리가 아파왔다. 아이가 이어 말했다.

"형 전원이 나갔어요. 복구를 절대 못 한다고 해서… 성운 BORD-119에 가면 새 몸을 준대요. 꼭 가야 해요."

'복구를 못 한다.'는 말이 목구멍까지 올라왔다. 할머니를 그렇게 보내고 말았으니까. 그러나 나는 말하지 않았다. 그제야 모든 것이 이해가 되었다. 회사는 휴봇들을 성운 BORD-119로 옮겨 준다 거짓말해서 돈을 챙기고는 그간 휴봇들을 블랙홀에 버린 것이었다.

'아마 경찰에게 들킨 거겠지.'

화가 치밀었지만, 형을 안고 있는 아이를 보니 뭐라 말을 할 수가 없었다. 나는 다시 자리로 돌아가서는 뒤를 향해 외쳤다.

"꽉 잡아. 많이 흔들릴 거야."

화물차에 시동을 걸고서 랑그랑주 포인트로 향했다. 랑그랑주 포인트는 달과 여름성의 중력이 평행하는 지점이었다. 늘 음영이 져 있는 곳인 데다, 정부의 감시도 덜해서 많은 범죄자들이 몸을 숨기는 장소로도 알려져 있었다. 그곳에 도착하니 화물차 한 대가 나타났다. 나는 레이더를 꺼내고는 그들과 교신을 시도했다.

"여기는 알파, 혹시 경찰에 신고…"

그런데 갑자기 화물차가 나를 향해 돌진했다. 엄청난 속도였다. 그대로 충돌하려 하는 것 같았다. 나는 급히 후진했다. 다행히 그것은 아슬하게 나를 비껴갔다. 숨 돌릴 틈도 없었다. 그것은 다시 빠르게 나를 향해 다가왔다. 무전을 들고서 물었다.

"뭐하는 짓이야? 날 죽이려고?"

무전기에서 소리가 들려왔다. 우당탕하는 소리와 함께 누군가 사무실 내부로 진입하는 듯한 소리가 들려왔다. 무전에 집중을 할 수가 없었다. 이미 누군지도 모를 이가 나를 쫓고 있었다. 아마도 증거를 없애기 위해서 회사 쪽에서 손을 쓴 모양이었다.

나는 엑셀을 밟고서 빠르게 우주 공간을 내달렸다.

그러나 아무리 핸들을 빠르게 틀어도 그들은 곡예에 가까운 운전을 보이며 나를 따라왔다. 무언가 창문에 날아들었다. 총알 같았다. 그 바람에 사이드 미러에 금이 심하게 가서 뒤가 제대로 보이지 않았다. 나는 우주복을 챙겨 입고서 액셀을 강하게 밟았다. 총알은 계속해서 날아들었다. 화물차 곳곳에서 번쩍거리면서 스파크가 튀겼다. 나는 곧장 장막을 폈다. 대기권을 진입할 때 화물차를 보호해 주는 막이었다. 다시는 여름성으로 돌아가지 못할지도 몰랐다. 그러나 한시가 급했다. 그들은 끈질기게 나를 따라왔다. 무전이 들려왔다.

"경찰입니다! 멈추세요!"

그러나 멈출 수 없었다. 조금이라도 속도를 줄이면 추격자들이 화물차에 올라탈 것만 같았다. 나는 성운 BORD-119의 좌표를 검색하고서 스윙 바이를 통해 그곳으로 화물을 보낼 수 있는 블랙홀을 주변에서 찾았다. 블랙홀 하나가 보였다. 감지기로도 탐색되지 않은 매우 작은 블랙홀이었지만, 스윙바이를 한다면 성운 BORD-119에 도착할 만한 에너지를 얻을 수 있을 것 같았다.

나는 핸들을 돌려 블랙홀을 향해 돌진했다. 가까

이 다가가면 다가갈수록 중력이 심하게 느껴졌다. 특히나 머리와 발바닥 사이의 중력차가 상당했다. 최신 기술로 트럭이 보호되고 있다고 해도, 금방이라도 스파게티 면처럼 가늘고 길게 몸이 늘어날 것만 같았다. 두통이 몰려왔고, 정신이 몽롱해졌다.

그때 무전이 들려왔다. 도플러 효과로 의해 소리의 파장이 변해 본래의 톤은 아니었지만, 목소리의 주인이 누군지는 단번에 알아챌 수 있었다.

"은하야. 지금이라도 엄마한테 조종권 넘겨!"

엄마가 소리쳤다. 그러나 나는 궤도를 바꾸지 않고 그대로 블랙홀을 향해 나아갔다. 아주 세밀한 조종이 필요했다. 자칫하면 화물차 전체가 블랙홀에 빠질 수도 있었다.

"은하야. 제발."

나는 그 같은 엄마의 애원에 화가 나서 무전기를 잡고서 외쳤다.

"됐어. 이제 와서 내 생각하는 척하지 마."

엄마는 애원하듯이 내게 빌었다.

"그만 해 제발. 엄마가 잘못했어. 진작에 말했어야 했는데, 그게 가족인데… 미안해…"

마음이 흔들렸다. 그때 차 유리에 금이 가면서 쉴

더가 벗겨졌다. 눈앞에 블랙홀이 보였다. 온통 까맸다. 두려움이 몰려왔다. 반사적으로 핸들을 잡아당겼으나, 이미 화물차는 저 거대한 괴물의 중력에 붙잡혀 중심부로 끌려가고 있었다.

"엄마가 꼭 찾을게."

이제는 엄마의 목소리도 제대로 들려오지 않았다. 특수 전파들도 모조리 저 거대한 아가리에 삼켜지고 있었다. 임계점을 넘기 직전이었다. 후회를 해도 변하는 것은 없었다. 뒤편에서 큰 소리가 들려왔다. 무게 중심이 한쪽으로 쏠렸다. 특히나 화물칸이 블랙홀 쪽으로 크게 기울었다. 나는 희미한 시야 속에서 버튼을 찾아 헤맸다. 손에 감각이 느껴지지 않았다. 어둠 속을 더듬거리다가 어딘가에 걸렸다. 나는 화물차 머리를 블랙홀 쪽으로 밀어 넣는 대신에 화물칸을 BORD-119 쪽으로 날려 버리려 했다. 그렇게 되면 화물칸만은 성운을 향해 날아갈 수 있을 것이다.

'탈출하자.'

버튼을 누르는 순간 안전벨트를 풀고서 벗어나야 했다. 나는 버튼을 눌렀다. 그러자, 화물차 조종석이 마지막 힘을 내며 블랙홀 안을 향해 나아갔다. 그 반작용으로 화물칸이 분리되며 저 멀리 나아갔다. 트럭은 이제 완전히 블랙홀의 중력 영향권에 들어갔다.

안전벨트를 풀려고 했는데 풀리지 않았다. 위험했다. 사건의 지평선을 넘어가면 다시는 돌아올 수가 없었다. 안간힘을 써도 벨트는 그대로였다. 손에 걸리는 모든 것을 이용해 벨트를 잘라 내려 했다. 그때 엄마가 준 열쇠가 허공에 떠다니는 것을 발견했다. 로켓이 열려 있었다. 로켓에는 엄마, 아빠, 할머니와 함께 찍은 사진이 프린트되어 있었다. 모두 웃고 있었다.

나는 로켓 뒤 쪽의 날카로운 부분을 잡고서 벨트를 잘랐다. 몸이 젖혀지며 밖으로 날아갔다. 화물칸이 저 멀리 나아가는 것이 보였다. 휴봇 아이가 나를 지켜보고 있었다. 나는 손을 들어 보였다.

모르고 디오라마

'정보는 사라지지 않고 영원히 남는다.'

사건의 지평선은 마치 우주의 도서관과 같았다. 우주의 정보들은 이곳에 영원히 보관되어 어디로도 가지 못했다. 유리 케이스에 들어 있지는 않았지만, 그것들은 인력과 척력의 평형이라는 무엇보다도 단단한 힘에 붙잡혀 있었다. 모든 존재들은 비슷한 다른 존재로 대체되지 않는 한 그곳에서 빠져나갈 수가 없었다.

심지어는 나조차도 그랬다.

화면들이 늘어져 있었다. 초, 분, 시간 단위로 모든

것들이 거꾸로 재생되고 있었다. 영화를 되감기하는 것 같았다. 시작과 끝, 끝과 시작은 구별이 되지 않았다. 모든 사건들은 동시에 존재하고 있었다. 시간의 방향은 내가 어떻게 인식하느냐에 따라서 정해졌다. 나는 화면들을 둘러보다가 한 곳을 응시했다. 아주 빠른 속도로 모든 물질들이 반시계 방향으로 돌면서 띠를 형성하고 있었다.

그러나 이곳에서 빠져나갈 방법을 찾을 수는 없었다. 나는 있는 힘껏 발버둥을 쳤다. 악을 쓰다가 화면을 향해 주먹을 휘둘렀지만, 화면은 좀체 내 쪽으로 다가오지 않았다. 내가 할 수 있는 일이라고는 그저 그것들을 바라보는 것뿐이었다.

얼마 지나지 않아 나는 모든 것을 포기했다. 내가 붙잡혀 있던 그곳은 아무도 관심을 주지 않는 소형 블랙홀이었으며, 트럭의 위치 기록 장치도 꺼져 있었다. 이런 상황에서 구조대가 나를 찾아내기란 모래사장에 떨어진 바늘을 찾는 것보다 수천 배 어려웠다.

감옥에 갇혀 버린 것만 같았다. 이렇게 오랫동안 붙잡혀 있다가 산소가 부족해진 초처럼 내 생명도 꺼져 갈 것이었다. 나는 가만히 자리에 앉아 멍하니 고개를 뒤로 젖혔다.

내 머리에 카메라라도 달린 것처럼 모든 것이 내 시점에서 보였다. 되감기를 하듯이 모든 것이 반대로 흘러갔다. 블랙홀에서 뱉어진 나는 반 토막이 났다가 다시 붙은 화물차에 올라 타고서 후진으로 랑그랑주 포인트로, 랑그랑주 포인트에서 여름성으로 갔다. 여름성에 아슬하게 착륙한 화물차에서 나는 빠져나왔다. 눈을 감았다가 떴다. 나는 더욱 과거로 가 있었다. 엄마가 내게 매달리는 모습과 형태에게 전화하던 순간들이 스쳤다. 할머니의 모습이 보였다.

'더 살고 싶은 마음 없다.'

탄성계수를 넘은 고무줄이 끊어지듯 모든 것에 거대한 가속도가 붙었다. 엄마를 다시 만났던 순간과 반장님, 주임님의 얼굴, 그리고 형태와 함께했던 순간들, 더 과거로. 할머니의 얼굴이 보였다. 나는 손을 뻗었다. 할머니는 나를 위해서 다이아몬드를 바닥에서 주워 목걸이를 만들고 있었다. 아니, 화면에서는 반대로 목걸이를 풀어 헤치고 있었다. 할머니는 내 손에 잡히지 않았다. 손을 뻗으면 뻗을수록 순간들은 멀어져만 갔다. 끝내 엄마와 아빠의 얼굴이 보였다. 둘이 집을 떠나려는 그 순간이었다. 나는 소리를 질렀다.

"미안해. 정말 미안해…"

울음에도 계속해서 과거로 갔다. 내 기억에도 남지 않은 순간들이 펼쳐졌다. 아빠의 웃음과 흔들거리는 인형들, 하늘에서 내리는 다이아몬드 덩어리들을 보며 나는 웃었다. 아빠와 함께 비를 피하면서 나는 지구 디오라마를 어깨 너머로 보았다. 디오라마 내부는 투명하고, 맑았다. 언젠가는 그곳에 가겠다고 다짐했다. 이윽고 처음 빛을 본 순간을 떠올렸다. 앞이 제대로 보이지 않았지만, 나는 보았다. 엄마의 얼굴이었다. 엄마는 핏기가 가신 얼굴로 나를 보고 있었다. 나는 외쳤다.

"엄마!"

엄마가 필요했다. 엄마가 나를 구해 줬으면 했다. 이곳은 너무 무섭고 외로웠다. 혼자 있기가 싫었다. 나는 필사적으로 외쳤다.

"엄마! 엄마가 필요해! 나…"

눈물이 흘러야 했으나, 울 수가 없었다. 슬픔은 더욱 진해졌다. 그때였다. 엄마의 얼굴 부분이 옅어지면서 무언가 나왔다. 나는 그 모습을 지켜보기만 했다. 우주복을 입은 누군가였다. 그는 나를 향해 천천히 다가왔다.

"기다렸지?"

내게 다가온 얼굴은 휴봇 디스플레이가 아니었다. 아주 익숙하면서도 어색한 얼굴이었다. 얼굴에는 주름이 많았다. 눈가와 입술 주변, 그리고 목에. 속눈썹 숱이 한 움큼 빠져 있었다. 핏기 없는 입술에 나는 무너져 내리고 말았다.

"미안해. 늦게 와서."

엄마였다. 나란히 평행선을 걷던 엄마와 나의 삶이 이제야 한데 뭉쳐진 것만 같았다. 나는 엄마의 손을 잡으려 했다. 몸을 억지로 움직이며 손을 뻗었다. 닿을 듯 말 듯 했지만 우리는 서서히 가까워지고 있었다. 나는 목소리에 한껏 힘을 주어 말했다.

"아니야. 와 줘서 고마워. 엄마, 정말 고마워. 나한테 이렇게 와 줘서 고마워."

엄마의 손을 잡았다. 그런데 엄마는 내 손에 무언가를 쥐여 주었다. 홀로그램 장치였다. 동시에 나는 몸이 한쪽으로 쏠리는 것을 느꼈다. 엄마는 화면 안으로 급격하게 빨려갔다. 엄마가 말했다.

"엄마가 사랑…"

하얀빛이 쏟아지면서 나는 정신을 잃었다.

· · ·

"성공적이에요."

목소리가 들려왔다. 엄마의 것은 아니었다. 움직일 힘이 나지 않았다. 그러나 차례로 감각이 돌아왔다. 포근한 양털 같은 느낌은 잠시였다. 목이 말라 있었고, 눈이 아려 왔다. 속은 먹을 것을 달라는 듯이 소리를 내고 있었다. 코는 빠르게 음식 냄새를 쫓았으나 소독약 냄새만이 느껴졌다. 목소리가 계속해서 들려왔다.

"정말 천운이에요. 발견된 곳이 태양계라니."

여름성에 온 것인가 싶었다. 눈꺼풀에 힘을 주자, 눈에 서서히 힘이 들어왔다. 목소리가 들렸다.

"깨어나셨어요? 환자분 괜찮으세요?"

어두컴컴해서 앞이 잘 보이지 않았다. 실루엣만 보였으나, 간호사가 휴봇이 아니라는 것은 알 수 있었다. 간호사가 밖으로 뛰어가며 말했다.

"의사 선생님 불러올게요."

자리에서 일어나려 했으나, 누군가가 나를 말렸다. 부드럽고, 따스한 손길이었다.

"누워 있어. 너, 사건의 지평선에 오래 갇혀 있었어."

익숙한 목소리였다. 그러나 내가 알던 것보다 더욱

거칠고, 낮았다. 변환 프로그램을 거친 것만 같았다. 정신이 없었다. 우선 이곳이 현실이라는 생각에 안도감이 들었다. 나는 어렵게 목소리를 내려 했으나, 완전히 갈라진 상태로 나왔다.

"얼마나…"

그가 내 손을 잡고서 말했다.

"15년."

나는 헉하고 소리를 냈다. 15년이라니. 얼마나 오랫동안 누워 있었던 걸까? 순간, 사건의 지평선에서 보았던 엄마 얼굴이 떠올랐다. 엄마는 15년 동안 나를 찾기 위해서 어떤 일을 했던 걸까? 그가 말했다.

"화성 부근에서 발견돼서 다행이야. 조금만 늦었으면 큰일 날 뻔했어."

나는 그제야 눈을 완전히 떴다. 창문이 보였다. 비가 곧 내릴 것처럼 하늘이 우중충했다. 비가 한 방울씩 떨어지기 시작했다. 그런데 하늘에서 내리는 것은 다이아몬드가 아니라 물이었다. 얼굴에 빗물이 튀었다. 차갑고 시원했다. 토독토독. 홀로그램으로 보고 들었던 것들이 실제로 피부로 느껴지고 있었다.

"여긴…"

"지구야."

그 말과 함께 목소리의 주인이 창문을 닫았다. 서늘한 바람이 느껴졌으나, 심장은 터질 것만 같이 뜨겁게 두근거리고 있었다. 그가 나를 보았다.

"형태야…"

키가 조금 더 커지고, 얼굴에 주름이 생기긴 했으나 어김없이 형태였다. 정장 차림의 형태는 안경을 쓰고 있었다. 외모부터 분위기까지 15년이라는 시간이 지난 것이 여실히 느껴졌다. 형태의 손은 거칠었다. 어떤 삶을 살아왔는지 짐작할 수 있었다. 형태가 말했다.

"내가 말했지. 우린 꼭 다시 만날 수 있다고."

"너야? 형태, 너 맞아?"

형태가 고개를 끄덕였다. 형태에게 묻고 싶은 것이 많았다. 어떤 삶을 살아왔는지, 또 형태의 동생은 어떻게 됐는지. 이어서 엄마에 대해서도. 형태는 천천히 이야기를 시작했다.

"난 성운 BORD-119에 갔다 왔어."

나는 형태의 손을 잡았다. 답을 찾아 돌아왔기를 바랐다.

"아주 오래 걸렸어. 물어보고 또 물어보며 우주를 돌아다녔어. 그러다 항성에 부딪힐 뻔하기도 하고, 우주 해적에게 피랍되기도 했어. 그래도 난 나아갔어. 빛이 잘 닿지도 않는 보이드로 말이야."

형태의 표정이 좋지 않았다. 나는 형태의 손을 꽉 쥐었다. 형태가 섧게 웃어 보였다.

"그런데 그렇게 어렵게 찾아갔지만, 소문은 소문일 뿐이었어. BORD-119에 복구 기술 같은 건 없었어."

형태는 과거를 떠올리는 것처럼 고개를 젖혔다.

"그곳에는 휴봇들만이 있었어. 복구 기술에 관해 소문을 듣고 모여든 나와 같은 사람들이었지. 한동안은 포기하려 했어. 아주 힘들게 간 곳에 답이 없었으니까."

형태가 고개를 숙이고서 내게 눈을 마주쳤다. 금방이라도 눈물이 주름 사이로 흐를 것만 같았다.

"그렇게 다시 우주를 여행했어. 전 우주에 퍼져 있는 다양한 사람들을 만났지만 답은 보이지 않았어. 그러다 다시 나는 고개를 BORD-119로 돌렸어.

형태가 숨을 크게 내쉬고는 말을 이었다.

"답은 그곳이 아니라 우리가 있는 자리에 있었어."

"우리가 있는 자리라니?"

"휴봇들은 BORD-119에 마을을 만들고는 서로 도

우면서 살아가고 있었어. 배터리가 부족하면 자기 배터리를 나눠 주고, 부품이 하나가 망가지면 모두가 자기 부품을 내놓아 그걸 녹여 필요한 부품으로 만들었어. 그들은 소문을 듣고 찾아오는 모든 휴봇들을 맞이했어. 그곳은 물론 차별이 없는 휴봇들의 천국이었지만, 뭔가 부족했어. 그런데 그들은 BORD-119에 도착해서 실망한 휴봇들에게 이렇게 말했어."

형태의 눈이 반짝였다.

"'여긴 잠시 쉬어 가는 장소'라고. 그곳은 휴봇들의 천국이 아니라 발판이었어."

나는 형태를 가만히 보았다. 형태의 얼굴이 환하게 빛나고 있었다.

"난 BORD-119를 중심으로 우주 어디서든 휴봇들도 잘 살 수 있게 노력할 거야."

우리는 그랬다. 아무리 힘든 일이라도 끝내는 받아들이고, 아파하고, 서로를 감싸고 믿어야 했다. 나는 형태를 안았다. 형태가 내게 그랬던 것처럼 어떤 말보다도 지금 형태에게 필요한 것은 공감이었다. 형태는 내 등을 토닥였다.

나는 잠시 물러나서는 형태에게 물었다.

"엄마는?"

나는 형태의 대답을 기다렸다. 형태는 고개를 떨구더니 주머니에서 뭔가를 꺼냈다. 홀로그램 기기였다. 사건의 지평선에서 엄마가 내게 주었던.

　　"이건…"

　　형태는 내 손목에 홀로그램 기기를 연결하며 말했다.

　　"이건 네 엄마의 의지이자, 사랑이야."

별보다도 빛나는

: **기록 파일 001**

은하가 사건의 지평선에 들어갔다. 구조대에 찾아갔지만 인력이 없어 수색을 진행할 수가 없다고 한다.

솔직히 두렵다. 나는 아직도 그곳에서 있었던 일에서 자유롭지 못하다.

은하 아빠는 어떻게 됐을까? 두렵다.

그러나 내가 이렇게 숨어 있을 수는 없다. 나는 어떻게든 다시 그곳으로 가야 한다.

내가 아니면 은하를 구할 사람이 없다.

: 기록 파일 007

화물차를 샀다. 구형으로 부분적으로 고장이 있었지만 내가 가지고 있는 돈으로는 이게 최선이었다. 수리를 하고, 업그레이드를 하면 어떻게든 되지 않을까 싶다.

그런데 내가 과연 우주로 나아갈 수 있을까? 아니면 사건의 지평선에 가까이 갈 수는 있을까?

아니, 반드시 해야만 한다.

선택지는 없다.

: 기록 파일 077

드디어 우주로 나갔다. 마음을 다잡는데, 시간이 오래 걸렸다. 정신을 잃을 뻔했지만, 은하 생각을 하며 가까스로 정신을 차렸다.

은하가 얼마나 힘들까?

하루라도 빨리 떠나야 한다.

조금이라도 지체해서는 안 된다.

: 기록 파일 102

블랙홀 스윙바이를 하던 중 정신을 잃었다.

정신을 잃은 와중에 은하를 보았다. 은하는 어딘

가에 갇혀 있었다. 꼭 내가 갇혀 있던 곳과 비슷한 장소였다. 미래는 없고 무한한 과거만이 존재하는 곳.

지금은 사랑하는 이가 있는 곳이다.

:　기록 파일 188

엄마를 보내 주었다. 엄마의 바람대로 메모리 칩을 지구로 보냈다.

이제 나한테는 은하뿐이다.

:　기록 파일 388

다행히 구조대가 도와준다고 했다. 여름성 근방에 있는 블랙홀들을 수색하기로 했다.

조금만 더 노력하면 은하를 찾을 수 있을 것 같다.

은하에게 말하지 않은 것들이 너무 많다.

미안해. 은하야.

:　기록 파일 747

여름성 근방에 있는 모든 블랙홀을 수색했다. 그러나 어디에도 은하는 없었다. 구조대는 어쩌면 인간의 손길이 닿은 적 없는 소형 블랙홀에 있을지도 모른다고 한다.

모두가 포기하는 분위기이다.

나라도 희망을 붙잡아야 한다.

나만이 은하를 구할 수 있다.

: 기록 파일 1000

구조대는 철수했다. 이제 더는 도와줄 수 없다고 한다. 혼자서라도 나서기로 했다. 물품들을 구비해서 화물차에 실어 놓았다.

얼마나 긴 여정이 될지 모른다.

: 기록 파일 2988

오랫동안 여름성으로 돌아가지 못했다. 무전도 망가졌고 후진 기어도 작동하지 않는다. 먹을 것도 다 떨어져 간다. 그러나 멈출 수 없다.

특히나 몸이 아프다. 블랙홀 스윙바이 때문일지도 모르겠다. 은하가 얼마나 아팠을지 상상이 가지 않는다. 하루라도 빨리 은하를 찾아야 한다.

: 기록 파일 3475

엔진과 함께 자동항법 장치도 고장이 났다. 이제 유일한 방법은 맨몸으로 직접 블랙홀에 뛰어드는 것

뿐이다.

작용, 반작용을 이용하면 은하를 사건의 지평선 밖으로 날려 보낼 수 있을 것이다.

운이 좋으면 지구를 향해 나아갈 수도 있을 것이다.

은하가 용서하기를 바란다.

: 기록 파일 4431

신호 하나를 발견했다. AI는 오작동이라 하지만, 나는 그것이 은하임을 알 수 있다.

기회는 한 번뿐이다.

은하야. 기다려. 엄마가 갈게.

· · ·

엄마가 건넨 홀로그램 장치에는 기록들이 여럿 남아 있었지만, 블랙홀의 영향 때문인지 읽을 수 있는 기록은 얼마 없었다. 그러나 엄마의 마음을 알기에는 충분했다.

엄마는 나를 구출하기 위해 지난 15년간 자신이 할수 있는 모든 일을 했다. 엄마는 자신을 희생하면서 나를 사건의 지평선 바깥으로 보냈다. 병실에서 기록된 파일들을 보며 혼자 많이도 울었다. 저장 장치에는 영상이 하나 남아 있었다. 나는 영상을 재생했다.

엄마의 모습이 보였다. 집이 아니라 화물차 안이었다. 오랫동안 씻지 못했는지 엄마의 디스플레이와 손은 거뭇거뭇했고, 금이 간 창문 밖으로는 광활한 우주 공간이 보였다. 나를 찾으러 블랙홀에 뛰어들기 직전에 촬영한 영상인 것 같았다. 엄마가 말했다.

"그날의 이야기를 해 줘야 할 것 같아."

엄마는 고개를 숙이고는 잠시 뜸을 들였다. 나도 모르게 손에 땀이 찼다.

"충돌 사고가 났고, 엄마, 아빠는 사건의 지평선에 갇혔어. 우리는 탈출하기 위해 모든 시도를 했어. 생명유지장치를 비롯해 슈트에 달린 모든 장치들을 중심부에 던지면서 밖으로 나가려고도 했지."

엄마는 잠시 주저하다가 말을 이어 갔다.

"우리는 빨리 결정을 내려야 했어. 거기에선 순간이, 바깥에선 수십 년이었으니까."

엄마는 괴로운 듯이 손을 꽉 쥐었다. 나는 화면을 향해 손을 뻗었다. 엄마를 위로해 주고 싶었다. 그러나 내 손은 그대로 엄마를 뚫고 가 버렸다. 엄마는 울음을 가까스로 참아 내고서 말을 이었다.

"갑자기 네 아빠가 말했어. '은하와 함께 살아 달

라'고. 그러고는 나를 바깥으로 밀어냈어. 내가 빠져 나가는 만큼 아빠는 빠르게 안으로 빨려 들어갔어. 빛 조차 빠져나오지 못한 그곳으로, 찾아서 꽃을 놓을 수 도 없고, 추억조차 할 수 없는 그곳으로."

엄마는 괴로워했다. 몸을 비틀면서 어렵게 말을 이 었다.

"왜 나는 그때 그러지 못했을까. 그때 주저했던 내 가 너무 싫었어…"

엄마도 그때는 어렸다. 나와 나이 차이가 얼마 나 지 않은 상태였다. 엄마도 엄마가 처음이었다. 나는 왜 그렇게 늦게 그걸 깨달았을까? 엄마는 우는 이모 티콘을 디스플레이에 송출하고 있었지만, 나는 그 너 머의 감정들을 알 수 있었다.

"처음에는 엄마가 아빠를 말리지 못해서 벌어진 일이라 생각했어. 그래서 도저히 너한테 말할 용기가 나지 않았어. 네 아빠가 왜 그랬을까? 혼자서 묻고 또 물었어. 근데 이제 아빠가 왜 그랬는지 알겠어."

엄마의 기본 목소리에서도 슬픔이 느껴졌다.

"은하야. 너를 위해서라면 엄마는 무엇이든 할 수 있어. 엄마는 너만 구할 수 있다면 어디든 뛰어들 거 야."

엄마가 화면 가까이로 다가왔다. 나는 손을 뻗었다. 엄마를 느낄 수 있었다. 엄마가 말했다.

"그러니까. 우리는 널 사랑해. 우리가 가진 어떤 것들보다도."

그렇게 영상은 끝이 났다. 나는 멍하니 엄마의 마지막 모습을 바라보았다. 나를 찾기 위해 자신을 희생한 내 엄마였다. 영상을 반복해서 돌려 보았다.

'우리는 널 사랑해.'

엄마의 호흡과 상태, 영상의 픽셀 하나하나를 외울 때까지 보았다. 보면 볼수록 깨닫게 되는 사실이 하나 있었다. 엄마와 아빠는 계속해서 나를 사랑했다. 그 사실은 지금껏 한 번도 변하지 않았다. 나는 홀로 그램 기기를 껴안았다. 엄마의 온기가 남아 있는 것처럼 따뜻했다.

에필로그

옥상에서 작게 영화 상영회를 열었다. 관객은 우리 가족과 휴봇들. 팔이 없는 휴봇부터, 얼굴의 반만 실리콘으로 덮인 휴봇, 4가지의 외국어를 섞어 쓰는 휴봇 등 다양한 이들이 한데 모여 있었다. 홀로그램 기기가 아니라 빔프로젝터를 사용했다. 우리는 겨울 성같이 하얀 천을 바라보았다. 형태의 건배사와 함께 암전이 됐고, 빔프로젝터에 불이 들어왔다. 고전 SF 영화였다.

영화 속 우주의 광활한 풍경도 눈길을 끌었으나, 무엇보다 나는 여름성이 나오는 장면을 보며 추억에 젖어 들었다. BORD-119에서 비처럼 상공을 가르는 혜성을 맞이할 때면 나는 늘 여름성을 떠올렸다. 다이아몬드 비가 내리는 여름성에서는 셀 수 없이 많은 무지개 덩어리들이 빛나고 있었다. 위성에는 유리 엘리베이터가 연결되어 알록달록 꾸며진 엘리베이터들이 오갔다. 사람들은 블랙홀을 스윙바이해서 또다른 사람들이 살고 있는 다른 행성으로 갔다. 돌이켜 보면, 꿈과 같은 세계였다.

형태는 엄마와 할머니 그리고 나의 이야기를 바탕으로 영화를 만들었다. 그 영화는 '휴봇이 인간과 같은 사람이라는' 사실을 널리 알리기 위해 만들어졌다. 언젠가는 우주 전체가 휴봇과 휴봇이 아닌 사람들이 함께 사는 그런 곳이 되었으면 했다. 시작은 미약했으나, 우리는 계속해서 앞을 향해 나아가고 있었다.

나는 혜진이의 이마에 입을 맞췄다. 혜진이는 고개도 돌리지 않고 눈을 반짝이며 영화를 보았다. 영화가 끝나고 나서 우리 가족은 옥상에 누워 밤하늘을 바라보았다. 보통 사람들은 별을 가리키며 소중한 사람을 떠올렸지만 나는 달랐다. 나는 빛이 없는 어두운 곳을 지그시 바라보았다. 빛이 있는 곳만이 천국은 아닐 것이다.

"엄마."

들려온 그 단어에 놀라 밤하늘 이곳저곳을 살폈
다. 금방이라도 엄마가 보일 것만 같았다. 울지 않고
서 미소를 지어 보였다. 다시 한번 귀여운 목소리가
들려왔다.

"엄마! 할머니는 어떤 분이셨어?"

혜진이는 내 옆에 누워 발가락을 꼼지락거리고 있
었다. 나는 혜진이와 손깍지를 끼고는 하늘을 향해
함께 손을 뻗었다. 밤이 깊어 갈수록 별은 더욱 밝게
빛나고 있었다. 뻗은 손에 별빛이 닿을 것만 같았다.

"밝으신 분이었어. 딱 혜진이같이."

혜진이는 천진난만한 목소리로 물었다.

"그럼, 저기 별처럼 예뻤어?"

나는 고개를 저었다. 별들은 아름답게 빛나고 있었
지만, 그것으로 엄마를 표현할 수는 없었다. 나는 혜
진이에게 말했다.

"아니. 저 별들보다도 더 밝고 빛났어."

우리들의 밤은 그렇게 깊어만 갔다.

작가의 말

어느 누구에게나 삶이 무너지는 순간이 있다.

한동안 나는 오래도록 해안가에 방치된 차와 같이 서서히 녹슬어 갔다. 살려달라, 외치고 싶었으나 입을 다물고서 아래로 침전했다.

내게 그러한 순간들은 지극히 개인적인 순간들이었다. 나는 그것들을 그 누구도 대신 할 수 없고, 혼자 마주해야만 하는 일종의 성장통으로 여겼다.

그러나 그 순간마다 내게 손을 내민 이들이 있었다. 그들은 내가 그들의 손을 잡지 않을 것을 알면서도 부단히 손을 내밀었다.

오늘도 나는 먹먹한 수면 아래에서 나를 향한 시선들을 느낀다. 그들은 손짓하듯 물결처럼 흐느적거리며 나를 조금씩 밖으로 꺼내고 있는 중이다.

　언젠가 내 시선도 누군가를 수면 밖으로 이끌어 내는 등불이 되길 바란다.

2023년 4월 31일 김준녕 드림

별보다도 빛나는

1판 1쇄 펴낸날 2023년 07월 31일

지은이 김준녕
작가 전속 에이전시 그린북 에이전시

책만듦이 김미정
책꾸밈이 서승연

펴낸곳 채륜서
펴낸이 서채윤
신고 2011년 9월 5일(제2011-43호)
주소 서울시 광진구 자양로 214, 2층(구의동)
전화 1811.1488 팩스 02.6442.9442
book@chaeryun.com www.chaeryun.com

책값은 뒤표지에 있습니다.

ISBN 979-11-85401-79-9 03810